Draußen im Tag

© 1979 Residenz Verlag, Salzburg und Wien
Alle Rechte, insbesondere das des auszugsweisen Abdrucks
und das der photomechanischen Wiedergabe, vorbehalten
Printed in Austria by Druckhaus R. Kiesel, Salzburg
ISBN 3-7017-0210-1

KARL GÜNTHER HUFNAGEL

Draußen im Tag

ROMAN

Residenz Verlag

Ich werde erfahren, was es mit ihm auf sich hat. Leider nur, ich verlasse die Wohnung selten, bei freundlichem Wetter zweimal die Woche, wenn meine Tochter mich besuchen kommt. Was mag er für einer sein, der an der Ecke steht, hinter einem Obstkarren, nicht den üblichen Kittel trägt, sondern einen abgenutzten Anzug in grauer Farbe mit weiter Jacke, wedelnden Ärmeln, ebensolchen Hosenbeinen und durchhängendem Gesäßteil, das Hemd hat vermutlich einen ausgefransten Kragen, die hellen Haare hängen strähnig darüber, auch über die linke Hälfte des Gesichts, selten schüttelt er sie zurück, bei Regen häufiger, hält sie manchmal mit einer Hand fest, ich bin überzeugt, daß dies nicht gewöhnliches Obst ist, das er verkauft, oder doch, es bleibt, sitze ich hinter meinem Fenster, über die Straße weg schwierig zu unterscheiden. Ich wohne im ersten Stock, es sind nicht die Stufen, die mich hindern, alleine auszugehen, kein Beinleiden, eher eine Ängstlichkeit, die mich wegen meines Asthmas gelegentlich überfällt, die ich fürchte, spüre ich niemandens Hand in meiner Nähe, sie läßt mich im Schritt innehalten, etwa am Randstein neben einem Auto, auf dessen Dach ich mich dann stütze, gleich kommen die lästigen Frager, es ist mir früher des öfteren passiert, mühsam war es, sie schweigend abzuweisen, bis ich mich erholt hatte, den Weg nachhause zurücklegen zu können, so nehme ich fünf Tage der Woche an dem Geschehen umher nur vom Fensterplatz aus teil, was genügt, sich ein Bild zu machen, bis meine Tochter mich wieder hinaus auf die Straße begleitet, bei welchen Aus-

flügen ich übrigens noch nie die geringste Beklemmung verspürt habe.
„Nehmen Sie die Hand von meinem Kinn."
„Ich habe Sie nicht berührt", antwortet er.
„Ich will Sie piesacken."
„Davon rate ich Ihnen ab." Einer sagt das, der sich neben anderen ab und an mit mir unterhält, wobei ich darauf zu achten genötigt bin, die verschiedenen Personen, die sich bei mir einladen, nicht zu verwechseln, obwohl ich nicht weiß, ob eine davon das stören würde, leihe doch ich ihnen mein Ohr, so daß sie mir zu danken haben, lassen wir es bewenden, ich habe im Augenblick nicht die Zeit, mich zu erklären, meine Aufmerksamkeit ist gefesselt von diesem Mann meinem Fenster gegenüber, vielleicht öffne ich es, ihm zwischen dem Verkehr hindurch zuzurufen, aber er würde nicht antworten, ich höre ihn auch so. Doch warum springt er, warum hüpft er, warum tanzt er, hat er eine Absicht? Er sagt:

„Ich habe einen Nagel und ich habe einen Hammer. Beide sind meine Freude, der Spaß meiner Tüchtigkeit, an der mir liegt. Mit Nagel und Hammer zerklopfe ich die Platten des Gehsteigs, nehme die Stücke heraus, sie meiner Liebsten zu bringen. Meine Liebste hat ein Zimmer bei ihrer Mutter, sie ist sehr schön, ihre Mutter auch, schöner, mir aber gefällt meine Liebste, mit der geht es gut. Meistens stelle ich sie auf den Tisch, Sie müssen zuhören, und zwicke sie in den Hintern, dann steige ich hinauf, weil mir Liebesleben was abgibt und ichs auch mag, steht ihre Mutter unten, um zu lästern, bis sie auch heraufkommt, da empfinde ich sogleich besonders viel, in der Regel aber sitze ich, ich gestehe es, unter diesem Tisch, um es mit ihr zu treiben, das ist zwar weniger zufriedenstellend, doch weil sie Tiere hübsch findet, tut sies ihnen gerne nach, und ich bin ihr zu Willen, da untersuchen wir unsere Körper Fleck für Fleck, häufig hockt sie auf meinem Rücken, mir im Haar zu fingern, es ist das Knacken ihrer Nägel, das erregt, ich schaue ihr gerne zu, wenn sie für mich Kaffee bereitet, obwohl ich nicht gerne Kaffee trinke, sondern in der Wirtschaft zu Hause bin, nicht in der Küche, wo sie sich wohlfühlt, weil sie sich da auskennt und ich hinter ihr stehe, mich an ihr zu reiben, aber so ist sie, herrlich ist sie, deshalb harre ich an der Straßenecke und verkaufe Orangen, das Pfund zu überhöhtem Preis, doch empfängt all die Kundschaft Qualität. Es ist in Ordnung, wie jegliches sich auf allen vieren an der Hauswand hinzubewegen, den Urin des Vorläufers zu erschnuppern, es bringt Genuß und die Gewißheit, nicht alleine zu sein. Ich weiß nicht warum, aber ich habe dies Bedürfnis nicht, kenne auch nicht seinen Nutzen. Haben Sie Hunger? Ich werde ihn mit Orangen stillen helfen, sind Sie gesättigt, können wir uns gemeinsam auf den Weg machen, ich will Ihnen die Bildwerke der Stadt zeigen, es wäre ungeschickt, mich zu verwechseln, ich bin eine Ratte, die am Fluß haust, nur bin ich zu stolz, mich zu verstecken, das macht mich unkenntlich, die Leute reden zu mir wie zu ihresgleichen, ich finde Gelegenheit, sie in die Finger zu beißen, während sie gestikulieren, ich habe den freien Raum geschaffen, in dem ich die Orangen verkaufe, die sie ihren Kindern auf die Teller bringen. Treten Sie näher, die Sie umherstehen, ich fülle für Sie Früchte in die Tüten, lassen Sie sich nicht lumpen, auf dem Heimweg erst dürfen Sie bereuen, Geld ausgegeben zu haben, Sie können mich auch mit

Ware bezahlen, zur rechten Zeit wird Ihnen mitgeteilt, welche Art Zahlung ich bestimmt habe."

Es ist die Ehre des Alters, alleine sein zu dürfen. Ich danke mir, ich habe mir viel zu danken, gelingt es mir doch, diesen Augenblick zu einem bemerkenswerten zu machen, die Vergangenheit zu Beiwerk, zu Tand, den abzustreifen Geschmack verrät, fast schon ist mir erlaubt, dieses Gefühl als gravitätisch zu bezeichnen. Die Wohnung hat fünf Zimmer, ich benutze nur dieses, die Küche und das Bad. Doch habe ich die restlichen Räume nicht verschlossen, ich betrete sie trotzdem nicht, auch sind sie vom Mobiliar befreit, ich habe den Plunder meiner Tochter geschenkt, die sich nun müht, zurecht zu kommen, aber sie hat einen Mann und nicht erwachsene Kinder, es bleibt ihr zunächst gestattet, sich nach Lust zu umstellen, ist die Zeit reif geworden, werde ich meine Anweisungen erteilen, vermutlich in die Form des wohlwollenden Rates gekleidet, doch will ich nicht abschweifen, vorzeitig und aberwitzig in dieser Sekunde, in dem Zimmer, das ich, vielleicht nur gerade noch, bewohne, besitze ich ein Bett mit schönem, schmiedeeisernem Gestell, einen Tisch aus Mahagoni, an dem ich sowohl esse wie schreibe, zudem zwei bequeme, mit Leder bezogene Sessel von dunkelbrauner Farbe, mit den albernen Knöpfen an der Rückenlehne, weiter einen Stuhl, auf den ich mich häufiger setze, mein Rückgrat zu pflegen, und, dies mir als läßliche Inkonsequenz, einen Teppich, der den Boden von Wand zu Wand bedeckt, hasse ich doch nichts mehr, als meine eigenen Schritte zu hören, denn selbstverständlich trage ich keine Pantoffeln, sondern kleide mich jeden Morgen mit Anstand, wie ich mir auch aus den Zutaten, die mir ins Haus gebracht werden, ein akkurates Essen erstelle, aber dennoch, ich erwarte den Tag, an dessen Morgen mein Schritt leise genug geworden ist, um auch auf diesen Teppich verzichten zu können, ich habe mir zu danken und mir Glück zu wünschen, mag sein, ich bin ein Erfinder von Belang, aber die Stimmen, die ich einlade, tönen um mich herum, nur selten habe ich das Bedürfnis, sie schriftlich festzuhalten, mein Vergnügen verlangt nicht danach, ich habe die Unruhe abgeschlossen, um besser zu lauschen, dabei finde ich gelegentlich ein Ergötzen, wenn auch immer seltener, denn diese Personen oder Gruppen bewegen sich oft in eine andere Richtung, als es eine wäre, in die ich ihnen folgen wollte, seis drum, ich möchte sie nicht missen, aber mein Platz ist am Fenster, ohne daß ich deshalb die Autos zählen müßte, die vorbeifahren. Der Morgentee ist zubereitet, ich habe mich an meinem Tisch niedergelassen, warum sollte etwas nicht seine Stimmigkeit haben, es ist nur der Anblick meiner Hand, der mich stört, hebe ich die Tasse, die bräunlichen Flecken mehren sich, es ist abzusehen, wann sie sich über die Haut gefressen haben werden, am Ende stelle ich dann Essen und Trinken ein, doch ist das nicht glaubhaft, bietet das Beobachten der kleinen Veränderung doch ebenso einen gewissen Reiz, der Gedanke an eine Krankheit, die in entfernten Ländern auftritt, das ist es, was lächeln macht, das Gutartige betrachten, um tropische Übel mitempfinden zu können, obwohl ich weiß, daß solche Erkenntnis unziemlich anmutet, aber wäre nicht vorzustellen, die kleinen braunen Flecken drängen tiefer, öffneten das Fleisch, den Knochen bloßzulegen? Ohne medizinische Kenntnis ergibt dies freilich nur Anlaß, sich zu verwundern, haben ja die wenigsten von uns bis-

her einen eigenen Knochen zu Gesicht bekommen, ich wäre neugierig genug, doch lehne ich Selbstverstümmelung als Eingriff in den natürlichen Prozeß ab, bei örtlicher Betäubung wäre es aber möglich, einen Spalt herzustellen, ein Stück Knochen freizulegen wie bei einem Rind, nur die Gesittung verbietet mir das Experiment, ich belauere die braunen Flecken, während ich die Tasse zum Mund führe, der Tee ist vorzüglich gelungen, ich küsse meinen Handrücken, was kommt, soll mir leichtfallen, ich habe den Gedanken als Filter vor meine Wahrnehmung geklebt, ich bin sicher, daß er mich nicht verlassen wird, stehe auf, trete in die Mitte des Zimmers, meiner gewahr zu werden, ich verachte, was mir nicht behagt, was meinen Widerspruch anspornt, ich betaste mich und bin meiner sicher, ohne einen Spiegel zu benötigen, den ich, nur um am Morgen mein noch volles Haar zu ordnen, selbstredend im Badezimmer zu hängen habe, lasse die Gäste herein, nur eine Dame meldet sich zu Wort, sicher wird es mich langweilen, ihr zuzuhören, die Erziehung ist es, die mir keine Wahl läßt, dennoch schnaube ich sie an: „Sie hätten warten sollen, bis ich Ihnen den Platz anbiete."
„Ich bin älter als Sie."
„Reden wir nicht darüber. Aber ich darf Sie für das nächste Mal auf meine Bedingungen aufmerksam machen."
Meine Zurechtweisung hat sie im Sessel aufgerichtet, ihr Gesicht jugendlich gerötet. „Mein verehrter Freund", sagt sie, „auch die Wege einfacher Menschen sind oftmals sonderbar. Ich bin gekommen, mich Ihnen zu erklären. Stellen Sie sich ein Mädchen im Alter von fünf Jahren vor, es geht an der Hand seiner Mutter im Park spazieren, spricht zu ihr hoch, die Mutter versteht nicht, beugt sich

herab zu mir, ich wiederhole alles, aber auf der Wiese schreien Kinder, die Ball spielen, so gelingt uns keine Verständigung, wir gehen weiter, Hand in Hand, jeder für sich, bis ich mich losreiße, voranlaufe, stolpere und hinschlage, ich bleibe liegen, bis meine Mutter bei mir ist, mich hochzieht an ihre Brust, in der Hocke ist sie nur mehr wenig größer als ich, sie wischt meine Tränen mit dem Taschentuch weg, dann richten wir uns auf, Hand in Hand, stumm, ich schaue zu den anderen Kindern, habe dabei den Kopf geneigt, als interessierten sie mich nicht."
Ich antworte: „Ich finde es nützlich, daß Sie mir davon erzählen. Aber Ihre Frau Mutter?"
„Meine Mutter war eine wunderbare Frau." Sie hat die Finger der rechten Hand am Kinn, zieht an den Mundwinkeln. „Sie gestatten sicher, daß ich das bemerke, auch hat sie meinen Vater angehalten, mich streng zu erziehen."
„Und Ihr Herr Vater?"
„Rechtschaffen, wie man so sagt, verdanke ich es doch seiner Strenge, daß ich in mein Alter gelangt bin." Ich übergebe mich, ich habe genug, ich schlage zu, ich verprügele die Dame, nein, ich lege ihr nahe, mich nicht weiter zu belästigen, doch achtet sie nicht auf mich, wird nur schrill: „Meine Kindheit war glücklich, ich lasse sie nicht beschmutzen. Am Abend habe ich mit meiner Mutter eine Bettenschlacht gemacht. Haben Sie so etwas schon erlebt? Wir warfen die Kissen gegeneinander, immer wieder, wir lachten und sprangen, ich auf den Matratzen, heiß wurde uns, bis wir nicht mehr konnten. Dann legte sich Mutter zu mir, bis ich ruhig wurde und einschlief, und am Morgen küßte sie mich, bevor ich zur Schule aufstehen mußte. Schon beim Frühstück haben wir gescherzt, während Vater die

Zeitung las. Ich habe mich beneiden lassen von meinen Freundinnen. Mein Vater war Offizier, und am Morgen holte ihn der Bursche mit dem Pferd ab. Ich war sorgenfrei, ich aß Erdbeeren, ich hatte eine Schaufel im Garten, ich hatte saubere Kleider, meine Haare waren gewaschen, um den Hals trug ich das goldene Kettchen mit dem Kreuz, die Zöpfe wurden mir geflochten, die Jungen mochten daran ziehen, sie waren dick und fest und von Schleifen zusammengehalten, ich hatte schwarze und weiße Lackschuhe, ich konnte Strickspringen und den Reifen treiben, ich hatte Murmeln zu verlieren und ein Gesangbuch mit Goldschnitt, der Pastor lobte meine Stimme, und wenn ich den Gottesdienst schwänzte, um durch die Anlagen zu streifen, verzieh er mir, weil ich mich nicht herumtrieb wie andere, sondern die Stille des Sonntagmorgens suchte, in der ich mit meinen Träumen allein war, was also stößt Sie ab, ich bin ein Kind geblieben, verwundbar, aber von Ihnen nicht zu beleidigen, weil ich die Fröhlichkeit des Elternhauses in mir bewahrt habe, ich kann lächeln, sehen Sie her, ich habe das Lächeln des Kindes aufgehoben, um es gebrauchen zu können wider einen wie Sie, stützen Sie mich, warum bemerken Sie nicht, daß ich schwanke, nachdem Sie mich aus dem Sessel hochgejagt haben, aber kommen Sie mir nicht zu nahe, ich würde Sie töten, ehe Sie mich erreichen könnten."
„Sie haben recht", sage ich. „Wir werden uns weiter unterhalten, bleiben Sie ruhig." Es ist, weil ich ihn höre, seine Worte aber sind nur Spinnweben in meinem Zimmer, die ich abkehre nach Belieben:

„Meine Liebste hat rote Haare, wenn ich die zerzause, kommen mir die Einfälle, nur habe ich keine Wörter für sie, so daß auch die schönste Versuchung für mich dumpf bleibt, quält, gerade die jeweils hoffnungsvollste mich im Gedärm zwackt, weil sie nicht rauskann, darum zause ich meine Liebste mehr und heftiger, kann gar nicht aufhören, an ihr zu zupfen, bis ich unter dem Tisch einschlafe, um von einem Einfall zu träumen, aber, wache ich auf, habe ich ihn schon vergessen und zause weiter, bis die Mutter meiner Liebsten mich anstößt mit der Spitze ihres Pumps, ich vorkrieche, das frische Obst von der Markthalle zu holen, es überkommt mich die Lust, die sich einstellt bei dem Gefühl, niedrig zu sein."

Lassen Sie mich allein, sage ich immer wieder, tagein, tagaus, und überraschenderweise habe ich noch Erfolg. Es ist wahr, diese Besuche vertreiben mir keine Langeweile, dennoch möchte ich sie nicht missen. „Und welcher Weise Du mich befreit hast, aus der Fessel des Verlangens nach Beischlaf, von der ich so notvoll gebunden war und von der Knechterei des Weltgeschäfts, das will ich nun erzählen", behauptet der heilige Augustinus, confitebor nomini tuo. Wer mag hier versuchen, mir einzuflüstern, das Alter hätte mich erreicht, nichts sonst, es fehlt mir an der Einfalt, widersprechen zu wollen, denn nicht auf jedes Gespräch lasse ich mich mehr ein. Der Tee ist kalt geworden, ich nehme ihn trotzdem, betrachte die Oberfläche, auf der sich eine Ölschicht zu bilden scheint, würge nur kurz an dem Ekel, Bescheidenheit in den kleinen Dingen, das ist es, was frei macht, das Nebensächliche sehen, wie es ist, den Fleck auf dem Teppich, den Sprung in der rechten unteren Ecke der Fensterscheibe, doch ich will ehrlich sein, ich leide unter dem Unvollkommenen, es bedrängt mich, ich kann mich nicht wehren, überall sind sie, die Risse und dunklen Kleckse, die Unbehagen bereiten, weil sie nicht zu begreifen sind in ihrer Notwendigkeit, die ihnen zweifelsohne zu eigen sein muß, denn woher bezögen sie ihr beharrliches Dabeisein, ihr standhaftes Sich-weigern, sie sind da, immer wieder, es nutzt nicht die Mühe, sie entfernen zu wollen, Schmutz, wie sehr hasse ich Schmutz, er war mir ein Anlaß, mich auf dies eine Zimmer der Wohnung zu beschränken, kann ich doch keine Hilfe bei der Reinigung der Räume in Anspruch nehmen, denn wie dem auch sei, hier befinde nur ich mich, kein fremdes Wesen hat in die Ecken meiner Zimmer zu stochern, so nehme ich vorlieb, schränke mich ein, versuche das Bestmögliche für mich zu erreichen, und es ist mir gelungen, oder doch fast, man wird sehen, selbst die Haare schneide ich mir selber, es kommt nicht darauf an, adrett zu wirken, nur gepflegt, auf eine gemäße Form lege ich Wert, ich könnte mich jederzeit sehen lassen, wenn ich wollte, aber ich habe gelernt, auf Bestätigung zu verzichten, ich bin aus dem Berufsleben ausgetreten, schon ist es mir beinahe gelungen, zu vergessen, was ich getrieben habe, nein, nicht sich erinnern, nicht zurückfallen in Hörigkeiten, die beim Therapeuten weggeschwätzt werden, irgendwann muß es einem Menschen gelingen, zu sein wie der erste, weg all dies, Wiege und Schulbank, selbst bestimmen, hinter sich nichts mehr Benennbares und voraus eine lächelnde Definition, das behutsame Umgehen mit Nichtigkeiten, größer sein, herrlich sein, nicht mehr kränkbar, ein Mann in seinen besten Jahren. Ich breche ab, eingedenk der Bedingungen, die es für mich herzustellen gilt, ist

Geschwätzigkeit das grausamste Hindernis der Tat, und ich habe die Absicht, zu tun, was mir frommen wird, ich bin zu spät dran, mich wieder zu enttäuschen, ich trage das gebrauchte Geschirr in die Küche, es sofort zu spülen und an seinen Platz im Schrank zu stellen, wie einfach es ist, sich Sanftheit zu schenken, den Gleichmut, der wahrscheinlich nur wenigen vergönnt bleibt, obwohl die Schwierigkeit, die andere daran hindert, auf die Schnelle keineswegs auszumachen ist, die Schlingen des Gewesenen abstreifen ist alles, seien sie auch, was sie seien. Ich flehe mich an, mich zu erhören. Meine Schwester hat ein buntes Röcklein an, sie macht sich damit auf, Tante Sabine zu besuchen. „Hast du Kuchen?" fragt sie.
„Nein", sagt Tante Sabine, „bei mir gibt es nichts."
Nur dies?

Ob ich den Teppich mal einrolle, in den Hof bringe, ihn dort über die Stange zu hängen und zu klopfen? Das Abschätzen der eigenen Kräfte verlustiert, die Erfahrung des sich spannenden und wieder lasch werdenden Muskels. Man kann bei den Armen oder den Beinen beginnen. Doch lassen sich auch die Muskeln von Bauch und Rücken prüfen, die Festigkeit der Sehnen, der Hals ist wichtig, an seiner Beschaffenheit kontrolliere ich meine Widerstandskraft, noch kann ich ihn ordentlich verdicken, um dann, mit einem Gefühl der Erleichterung, die Spannung zu beruhigen, bis er mit meinem Kopf locker hin und her wiegt, Leichtigkeit hinter der Stirn erzeugt, eine Empfindung, schließt man sodann die Augen, als ginge man über Wasser, was ich für wichtig halte, denn was wäre einem gedient, gelänge es nicht, die Schwere zurückzulassen. Das ist das Wort: Zurücklassen, die verflossenen Lieb-

schaften, die Techtelmechtel mit Dingen, ich habe mir wiederum zu danken. „Sehen Sie, meine Dame, Sie hätten nicht so lange bleiben sollen. Schon sind Sie gerade wegen Ihrer Anwesenheit im Begriff, sich meinem Gedächtnis zu entziehen. Geben Sie mir Ihre Hand, ich biete Ihnen noch diese Chance, es ist wahr, ich bemerke Ihre Berührung, es ist mir gelungen, Sie mit mir zu nehmen in diesen Augenblick, die Sie sonst hätten im Vergessenen versinken müssen." Zu merkwürdig, daß diese Menschen sich um mich drängeln, die mir doch nichts zu geben wissen. „Falls ich Sie töten würde, gnädige Frau, würden dann Sie oder ich einen Verlust beklagen? Sie sind mir ein Rätsel. Sie machen es sich in meinem Sessel bequem, sind vorhanden, ganz ohne Zweifel, doch warum, ich könnte Ihnen Leben schenken mit meiner Verehrung, es stünde mir frei, des Dichters Wort zu betonen, du sollst den Gott der Ehre mir gebären!
Prometheus soll von seinem Sitz erstehen,
und dem Geschlecht der Welt verkündigen:
Hier ward ein Mensch, so hab ich ihn gewollt, aber ich stehe nur vor Ihnen, mich zu erklären, wobei mir hilft, daß auch diese Dramenfigur ihren Spruch nur mit erzwungener Heiterkeit tun durfte. Doch seis drum, falls Sie Wert darauf legten, könnte ich Sie beseitigen, um nicht mich verletzen zu müssen, denn es ist wenig Raum in diesem Zimmer, die Luft wird drückend, mein Asthma beginnt zu peinigen, ich weise es von mir, schon tagsüber das Fenster gerade Ihretwegen zu öffnen, bitte verzeihen Sie mir den Unwillen, er ist körperlich bedingt." Ach, ich weiß, es wirkt schrullig, unterhalte ich mich mit einer Person, die ihre Anwesenheit nur meiner Vorstellungskraft verdankt, aber würde es etwas ändern, säße sie leibhaftig vor mir, müßte

ich anders reden, wäre ich nicht gerade dann im Zwang, ihr überlegen zu bleiben, ihr das Wort bei rechter Gelegenheit abzuschneiden, und hätte es Rückwirkungen auf mich, könnte ich einen Tatsächlichen betasten, der mir doch bekannt ist, wie diese Leute sich anfühlen, ich die Gabe besitze, sie in Gestalt, Geruch und Bewegung herzustellen nach Belieben und korrekt, also ohne einer dieser Figuren Unrecht zuzufügen, ich habe gelernt, und ich habe nicht vergebens hinter mich gebracht, was mich auszeichnet, es ist mir gelungen, eine Welt nach ihrem Bilde zu bauen, ich brauche nichts auszulassen, weil ich mich vor nichts mehr scheue, selbst Ausscheidung und Ekzeme nehme ich in Kauf, denn machte Widerwille doch unwürdig der Erkenntnis.

„Sich den Hintern scheuern am Putz, das ist es, immer an den Hauswänden entlang, bei der Abflußrinne einhalten und schnüffeln, sich hineinhocken in die Pfütze und abwarten, ich bin ehrenwert und wedele mit dem Schweif, wenn ich nachhause komme, wird meine Liebste mich an ihren Bauch nehmen, aber noch blinzele ich nach oben, ich mag die Sonne, sie verführt mich dazu, mich lang zu strecken, liegen zu bleiben, bis der Pelz dampft, es ist eine Wonne, aber ich kehre zurück zu dem Obstkarren, meine Schwiegermutter kennt keinen Spaß, ich bin Händler, das ist ein Beruf wie jeder andere, und ich weiß auch, welche Partei ich zu wählen habe, heute habe ich mich, dem Angebot folgend, entschlossen, Birnen zu verkaufen, ich schichte sie auf meinen Karren, die mundigen oben, zum Angesicht des Kunden, darunter, dahinter, die angestoßenen, die, wie ich bereits in der Halle gesehen habe, braun werden.

Eine Mühe, die niemand gering schätzen sollte, eine Stunde fast arbeite ich am Aufbau, um ihn, über den Tag weg, langsam zu zerstören, vorsichtig, mit zarten Griffen, ihn nicht in einem zum Einsturz zu bringen. Seien Sie nicht zimperlich, beißen Sie hinein, das Obst ist reif, ich bin der Wurm, der auf Ihrer Zunge bleibt, spucken Sie aus, ich danke dafür, daß Sie mir Gnade erwiesen haben, aber was soll ich auf dem trockenen Moos unter dem Alleebaum, ich habe Hunger, der Schreck hindert mich daran, mich zu krümmen, ein ehrenwerter Wurm liegt da, den Vögeln preisgegeben, ich nehme meinen Absatz zur Hilfe und trete mich tot, ehe es zu spät. Sie verstehen, Herrschaften, den kleinen Scherz? Fassen Sie zu, kaufen Sie ein, ich möchte, daß Sie ersticken, winden Sie sich hier vor meinem Karren zuhauf, bis Sie zur stillen Masse werden, man Sie wegschafft, Platz zu machen für die nächste Kundschaft, was haben Sie für reizende Händchen, mein Fräulein, ich decke den Karren mit der Plane ab und gehe mit Ihnen, Sie sind kein Kind mehr, probieren Sie es aus, nicht scheu werden, jetzt treten wir durch diese Haustür, ich kenne mich aus, vor was fürchten Sie sich, tasten Sie meine Arme an, sie sind stark genug, Sie die Stufen hinaufzutragen, gefällt es Ihnen, wir steigen zum Speicher wie die Kinder, wenn sie sich vergnügen wollen, auch wir dürfen nicht erwischt werden, Sie sind so lieblich, und Mutter würde Sie wohl schelten, erführe sie von uns, die Bretter sind staubig, gewiß, aber wir ziehen uns aus, bevor wir uns darauf legen, niemand wird etwas bemerken, wenn Sie nach Hause kommen, ich habe meine Liebste, das stimmt, aber mit Ihnen, das ist etwas Besonderes, eine Ihrer Brüste werde ich zum Andenken behalten, dieses ist Glück, hören Sie mir auch zu, schier besinnungslos rollen Sie über den rauhen Boden, das nennen die Leute Lust, Sie werden es häufig noch erleben dürfen, da Sie begehrenswert sind und schmiegsam und weich unter jeder Hand. Sie haben die Gabe, Kind, sich dem andern anzuverleiben, Sie sind begünstigt unter den Weibern, aber Sie sind auch brauchbar, Kleine, Ihre süßen Härchen werden zu einem Buschen auswachsen, dann werden Sie in der Küche stehen und die Spiegeleier in die Pfanne hauen für ihn, der Sie täglich entschädigt, aber noch sind Sie die meine, die Laute, die aus Ihrem Hals kommen, sind rein und frisch wie Quellwasser, versuchen Sie meine Freundin zu bleiben, unschuldig und geil, aber ich habe meine Liebste, die zuverlässig ist und an die ich mich gewöhnt habe, ja, beiße mich, Süßes, eine Stunde lang darfst du das Gefühl haben, daß ich dich beschütze, Meines, wir haben noch Zeit, die Mittagspause dauert an, deine Haut leuchtet im Schatten des Speichers, durch die Dachluke schlägt die Sonne über dein Gesicht mit den offenen Augen, es ist keine Angst mehr in ihnen, nur das Verlangen nach dem buckligen Obsthändler, der dir noch viel Geld schenken wird, früh am Morgen steht er auf, um es dir am Abend bringen zu können, meine kleine Hure, aber du weißt noch nichts davon, du wirst es nur nehmen, denn du wirst lernen, daß du es wert bist, steh auf, meine Zunge soll den Staub von deinem Körper holen, reinlich wirst du bei Mutter angelangen, nur der Glanz deiner Augen, das Lächeln, sie könnten dich verraten, der Staub schmeckt nach deinem Schweiß, ich weiß zu dienen, ich beglücke dich, mein Trug macht, daß ich dich schicken könnte, aber noch ist es zu früh, ich will dich alleine, später erst werde ich dich schlagen, wenn du nicht genau bist zu mir, du bist mein Vermögen, vergiß es nicht, achte darauf, daß dir nichts zustößt, ich werde warten bei meiner Liebsten, bis du erwachsen genug bist, küsse mich wieder, mein Schatz, du hast es mir nicht schwer gemacht, und bring die Birnen nachhause, damit deine Geschwister nicht weinen, für dich eine extra von oben, komm wieder, aber nur wenn ich dir winke, stell dich in die Reihe der Hausfrauen vor meinem Karren, kaufe ein weiteres Pfund, es macht sich gut und nützt unserer Beziehung."

Es macht mir Umstände, ihm zuzuhören, es beschämt mich, noch will es mir nicht gelingen, mich taub zu stellen, geht das so weiter, werde ich etwas gegen ihn unternehmen müssen, nicht, daß ich auf seine Stimme wartete, aber er schreit, es ist ungehörig, ich habe mich nicht erzogen, unfreiwillig zu lauschen, ich klappere mit dem Geschirr, das hilft im Augenblick, ich gehe in die Küche, drehe den Wasserhahn auf, was soll das, plötzlich habe ich den Kopf unter dem Strahl, ich eile ins Bad, mich zu trocknen, der Flausch des Handtuchs beruhigt meine Nerven, ich reibe nur langsam, eine gleichmäßige Durchblutung setzt ein, allmählich erfrische ich mich, aus, ich verlange Strenge von mir, ich werde ihn ins Haus locken, ihn zu zerstückeln, ich brauche ihm nur zuzurufen, mir eine größere Menge Obst zu bringen, als er sonst an einzelne Kunden verkauft, es ist allgemein üblich, Tiere zu verzehren, ich merke, daß mir dieser Gedanke Kraft verleiht, ich betrete das Zimmer wieder, öffne sogar das Fenster, es gelingt mir, hinüber zu lächeln, ich werfe eine Kußhand, mag er halten von mir, was er will, er blickt fragend, ahnungslos, fast rührt er mich an, als wäre ich ein Bauer und lächelte dem Schwein lobend zu, grinsend schließe ich das Fenster, das hat wohlgetan, ich knete an meinem Hals, erfreue mich an den Sehnen, die stärker hervortreten als gewohnt, es ist mir möglich, mich an meinem Tisch niederzulassen und die Papiere zu ordnen, die Bleistifte zurecht zu legen zur Niederschrift, ich benötige verschiedenfarbige, mich später in meinen Manuskripten orientieren zu können, folge einem System, dessen Gesetze nur mir bekannt sind, ich willfahre ihnen genau, sie vermitteln mir das Erlebnis des Einvernehmens mit mir selber. „Ich trieb das Gewohnte in wachsender Ängstlichkeit und seufzte Tag um Tag zu Dir." Ich habe mich angeschickt, das Fenster zu putzen, ich mache das auf überkommene Weise, reibe mit geknülltem Zeitungspapier nach, dulde keine Streifen an den Rändern der Scheiben, stehe auf dem Küchenhocker, halte mich mit einer Hand am Fenstergriff, ich bin zufrieden mit mir, spüre kein Schwindelgefühl, auch macht die Mühsal der gleichmäßigen Bewegung des Armes meinem Atem kaum Schwierigkeiten, ich komme zu dem Eindruck, noch einige Zeit erwarten zu dürfen, die es freilich zu nützen gilt, doch habe ich mir noch nie etwas geschenkt, das humanistische Training macht sich bezahlt. Ich habe mir folgende Posse ausgedacht: Es ist so, doch warum macht sie das? Sie hockt auf der Matratze, die Dose mit den toten Fliegen vor sich auf dem Boden, sie muß sich bücken, sie nimmt sie einzeln heraus, netzt jeweils den Finger, fädelt sie auf. Ich frage: Was tun Sie da? Zuvor hat sie die Spitze der Nadel in die Flamme des Zündholzes gehalten, den Faden am Ende geknotet, ihn zwischen den Lippen durchgezogen, mehrmals, bis er glatt vom Öhr hing, begonnen, die Fliegen zu spießen, das halbe Dutzend auf der Nadel dann über den Faden geschoben. Sie hat nur das Kleid an, das Kostüm und der Mantel liegen neben ihr. Das Kleid ist schwarz mit kleinen weißen Punkten, glänzt seiden, kragenlos ist es mit einem Bündchen geschlossen, das am Ansatz des Halses einschneidet, bei der Anstrengung des Bückens bilden sich darüber rötliche Beulen, richtet sie sich auf, wird die Haut blaß, die Falten laufen nach vorne hin zu, eine Andeutung von Kropf, nicht mehr, die Poren dunkel. Sie sagt: Ich bin gebenedeit. Meine Schönheit ist die Schönheit der Welt. Meine Mutter war eine Hure, meine Tochter ist eine Hure, der Strich ist der Saum, der alles zusammenhält. Ein Mädchen läuft ihn entlang und zeigt seine Schenkel. Die Herren auf den Stühlen vor dem Café erfreuen sich daran. Es wird heute nicht regnen. Ich mag Kartoffelsalat, aber es ist da keiner, ihn mir zu bringen. Doch wird es nicht regnen. Ich habe keinen Schirm, es wird an der Zeit, daß ich mir einen besorge, bevor der Herbst beginnt. Sei still, mein Kind, ich werde mich um alles kümmern, du sollst Kartoffelsalat essen wie ich. Auch die Flasche ist leer, es kommt alles in Ordnung. Du mußt auf deinen Magen achten, so wie ich. Vielleicht ist der Kartoffelsalat zu schwer, und es bleibt nur der Hunger, der gesund macht. Lassen wir es dabei, wir wollen uns freuen, daß es trocken ist draußen. Ich habe dies alles, was mir gehört. Die Straßen werden staubig sein, der Kot der Hunde ist zu Fladen getreten, es ist noch früh am Tag, nichts eilt, man soll eine Arbeit nicht liegenlassen, es hat Mühe gemacht, die Fliegen zu fangen, es darf nicht meine Art werden, beizugeben. Es sind keine Scheiben in den Fenstern. Das ist schade, sonst könnte ich den Winter hierbleiben. Was ist, mein Kind? Höre auf zu wimmern, sonst schlage ich dich. Man muß nicht immer essen, es ist herrlich zu fasten, es macht frei. Nur ists nicht gut zu frieren. Aber es ist Sommer, und ich werde dann hinausgehen.

Dies sagt sie, sie fädelt die Fliegen auf, ohne hochzuschauen, mit dem benetzten Zeigefinger holt sie sie aus der Büchse, dreht sie mit dem Daumen zurecht, ehe sie die Körper durchbohrt, zurückschiebt über die Nadel. Doch ist die Kette nicht fertig, als sie aufsteht, mit schwerem Leib, das Kleid unterm Gürtel zurechtzieht, barfuß zur Wand geht, Faden und Nadel an einen Nagel zu hängen, zurück, sich wieder setzt auf die geblümte Matratze, aus der Plastiktüte neben sich die Strümpfe nimmt, überzieht, mit Gummibändern befestigt, dann erst drückt sie an die Schwellung um die Knöchel, läßt die Daumen ein wenig in den Mulden ruhen, seufzt, langt nach den Schuhen, ist kurzatmig, während sie die Senkel bindet. Ich habe nicht die Absicht, mich mit ihr zu unterhalten, ich habe nicht die Absicht, ihr zuzusehen, ich sitze nur an meinem Tisch, dies aufzuschreiben, fasse ihr dabei unter den Rock, ihr Fleisch zu prüfen, streichle auch ihren Hintern, ob ich sie achte, liebe zumindest? Ich entferne mich von Monika, was geht sie mich an, sie soll mich nicht in Versuchung führen. Dies: Die Stühle vor den Cafés sind noch übereinandergestellt.
Ich spreche den Straßenkehrer an: „Kommen Sie mit, ein Bier trinken?"
„Alles zu", sagt er.
„Wir finden schon etwas."
„Die Kollegen."
„Die sollen mit."
Er ruft sie zusammen, sagt dann: „Die Pflicht."

Ich nicke. „Sie sind betrunken", meint er, ich sage: „Nein", gehe weiter, während er hinter mir herschaut. Er ruft: „Kumpel!" Ich bin um die Ecke, betrete die Frühstücksstube des Hotels, setze mich auf den Stuhl mit der geflochtenen Lehne, beiße in das Marmeladenbrötchen, die Frau bringt das Kirschwasser, ich schütte es in den Kaffee, ein Rascheln von Zeitungen, leises Schmatzen, bei der Bestellung dröhnt meine Stimme mir im Ohr, ich schiebe die Vase mit den Feldblumen weiter, lehne mich zurück, dem Kaffee nachzuschmecken, höre meinen Atem, öffne den Mund, die Luft tief einzuziehen, merke den Herzschlag, bestelle noch einmal, dann ist es besser, ich schließe die Augen, sage mir: Es ist Morgen. Die Vertreter erheben sich hinter ihren Tischen, allein gelassen, stehe auch ich auf, die Straße beginnt sich zu erwärmen, ich überquere die Fahrbahn, den Schatten zu suchen, Menschen gehen in ihre Büros, ich folge einem, bis der Portier mich fragt: „Zu wem wollen Sie?" Ich kehre um. Es kümmert sich niemand darum. Was für ein Tag. Die Autos hupen, die Trambahnen klingeln, die Kinder rennen, die Hunde werden ausgeführt, es wäre die Stunde, zurückzukehren und mit der Arbeit zu beginnen. Eine Frau Anfang der Sechzig, die Fliegen auffädelt, braucht keinen Tisch. Sie steht in ihrem Raum. Die Tapeten sind in Streifen abgerissen, an ihren Resten sieht man noch die grünliche Farbe. Über dem Fenster stecken die Haken für die Gardinenstange, die Bretter des Bodens sind weiß vom Putz, der sich von den Strohmatten der Decke gelöst hat, schon Flecken freiläßt. Du bleibst besser zuhause, sagt die Frau, und wartest auf mich. Es wird zu heiß draußen, das verträgst du nicht. Ich bringe dir den Kartoffelsalat, aber du mußt ein wenig aufräumen inzwischen, ich will nicht, daß alles herumsteht. Sie zieht den Rock des Kostüms über den Kopf nach unten, schlüpft in die Jacke, knöpft sie zu, den Mantel bequemer darüberzerren zu können, streicht die Haare nach hinten, drückt sie an, sie sind grau mit wenigen schwarzen Strähnen, trocken, etwas gekräuselt, so daß die Enden über dem Kragen aufstehen. Du brauchst dich nicht zu fürchten, sagt sie, ich komme wieder, nimmt die beiden Plastiktüten auf, der Kalk knirscht unter ihren Sohlen, sie öffnet die Tür, steht auf dem Treppenhaus, an der Wand entlang tastet sie sich hinunter, steigt weg über Büchsen und Kartons, im Hof mit dem Moosbelag verschnauft sie, schiebt mit der Schulter das Gittertor zur Straße auf, zögert, wendet sich nach rechts, kurze Schritte, sie hebt die Füße kaum, doch nicht schlurfend, gleichmäßig gerade, die ihr entgegenkommen, weichen aus, noch ist die Luft frisch, die Gerüche der Straße noch einzeln, sie setzt sich auf die Bank vorm Grünstreifen mit der Reihe von Bäumen, schläft ein, die Hände in den Henkeln der Tüten, ihr Oberkörper rutscht seitlich, bleibt doch an der Lehne, sie ist ganz still, auch der Atem ist nicht mehr zu hören, nur die Lippen des offenen Mundes zittern. Die kleinen Kinder kommen an, ihr zu helfen. Es sind zwei Jungen und ein Mädchen. Sie ziehen ihr die Schuhe wieder aus, sie streifen die Strümpfe wieder ab, sie knöpfen das Kleid auf, stecken ihr Käfer unters Hemd, Grashalme zwischen die Zehen. Ich werde euch umbringen, sagt sie, nachdem sie aufgewacht ist. Sie holt die Käfer unterm Hemd vor, zupft die Grashalme heraus, knöpft das Kleid wieder zu, zieht Strümpfe und Schuhe an. Die Passanten stehen herum, zuzuschauen, die

Kinder haben sich neben sie auf die Bank gesetzt. Sie sagt: In den Käfern wohnen die Geister der Verstorbenen. So viele Käfer es gibt, so viele Menschen haben gelebt. In den Larven der Käfer zeugen die Toten sich fort. Sie haben ein Reich und sind mächtig. Sie verzeihen uns nicht, zertreten wir ihre Körper. Dann fliegen sie hoch wie die Samen von Blumen und kleben an unserer Haut. Sie dringen ein in unser Fleisch, wühlen darin, bis wir werden wie sie. Sie ruhen nicht. Wenn man uns begraben hat, haben sie gesiegt, Millionen von Käfern steigen aus uns heraus, in einem davon steckt unsere Seele, die sich nun zu den anderen gesellt hat. Es gilt darauf zu achten, nur wenige Käfer zu zerstören, dann währet unser Leben ins hohe Alter, auch soll man sie nicht berühren, sie necken, denn es gehört sich nicht, mit den mächtigen Toten zu spielen, weil sie tot und ohne Erbarmen sind, uns nur mögen, wenn wir sind wie sie. In den Biergläsern aber schwimmen die Fliegen, die auch Käfer sind. Man soll sie deshalb herausfischen und trocknen lassen, bis sie wieder weiterkönnen, vielleicht verzeihen sie uns dann. Es ist auch an der Zeit, daß wir ihnen Opfer bringen, junge Opfer vielleicht, die sie überraschen, auf die sie sich stürzen, für die sie uns dankbar sind, weil sie wahrscheinlich nicht gerne warten. Sie rafft die Tüten, sie steht auf, die Passanten, die noch immer schauen, öffnen die Lücke, durch die sie arglos weitertappt, die Kinder hinter sich, huh, huh, schreien die, ehe sie sich verlaufen, sie wieder allein ist, es ihr gefällt, daß sie heute alles vergessen hat, sie also zurückkehrt in das Haus, das Kostüm ordnet, mit der frischen Bluse, dem wollenen Mantel, noch einmal aufbricht, die Straße mit den kleinen Läden entlang, in denen jetzt

Boutiquen sind. Ich habe ein Blatt mit kleiner Schrift bedeckt, soll das genügen? Ich lasse es gut sein, ich stehe am Fenster, ich, ja, die Scheiben wären schon wieder zu putzen, das Brett abzustauben, die Messinggriffe zu polieren, etwas geschieht hinter meinem Rücken, ich drehe mich nicht um, Monika hat das Geld der Fürsorge noch nicht ausgegeben, sie betritt die Wirtschaft, hängt die Tüten an den Haken neben der Tür, die Decke des Windfangs ist aufgezogen, der Rücken der Frau drückt gegen die Falten, nachdem sie den Stuhl zurückgezogen und sich gesetzt hat, ein paarmal versucht sie, mit dem Ellenbogen den Filz weiterzuschieben, lehnt sich nach vorne, die Kellnerin bringt das Glas mit Rotwein, einen kleinen Schnaps, der Mann rutscht vom Hocker der Theke, behält das Bierglas in der Hand, während er den Stuhl am Tischende zurechtrückt, auch noch, als er zu reden anfängt: „Was ist los, Monika?"
„Nichts." Sie schaut nicht auf, sie schüttet den Schnaps in das Weinglas, rührt mit der Kuppe des Mittelfingers, leckt ihn ab, trocknet ihn unterm Kragen des Mantels, trinkt in kleinen Schlukken, halb geleert stellt sie das Glas ab, reibt die Lippen aneinander. „Hast du eine Zigarette?" fragt sie, streckt die Hand aus. Er gibt ihr die Zigarette, er ist nicht alt, Falten ziehen sein Gesicht nach unten, es ist schwärzlich bis zu den Lippen, den Zahnstummeln, er schiebt die Haare von der Stirn, klemmt sie hinters Ohr, er fährt fort: „Der Tag ist schön." Sie hat die Fingernägel nahe vor dem Gesicht, sie zieht den Rauch tief ein, wiederholt das mehrmals, legt die Zigarette dann auf den Rand des Aschenbechers. Tische und Stühle sind dunkel von altem Wachs, matt gewischt mit dem Bierlappen, das verchromte Blech an der

Theke ist poliert, das Licht bricht sich darin, bringt Flecken an die Decke, die Kellnerin steht nun ans Regal gelehnt neben dem Zapfer, der am Rücken unter ihren Pullover greift, sie ist neu in der Wirtschaft, sich dann wegdreht, sie weiterschickt zu dem Mann, der am Tisch neben der Toilettentür schläft, das Kinn zwischen dem Kragen der Jacke, die Kellnerin nimmt das abgestandene Bier vor ihm weg, stellt ein frisches hin, rüttelt an seiner Schulter, er greift nach dem Bier, ohne die Augen zu öffnen, nimmt einen Schluck, stellt das Glas zurück, ist wieder reglos, nach einer Weile schiebt er die Hände unter die Jacke, zu den Achseln hoch, klemmt sie ein. „Ich geh los", sagt Monika. „Wenn schon." Sie bestellen noch einmal.

„Es ist schwierig, die Wespen fernzuhalten. Herrschaften, greifen Sie zu, sehen Sie, ich lasse mich nicht verschrecken von den Biestern, stehen Sie nur ruhig, das ist alles, das übrige werde ich besorgen. Die Birnen sind süß, die Wespen verraten die Qualität. Die Mutter meiner Liebsten hat mir die Schuhe geputzt, damit ich ordentlich vor Sie hintrete. Doch was nutzt das? Mein Sinn steht nach anderem. Kennen Sie die Geheimnisse der Kanäle, den Geschmack der Abwässer, den Sud der Kneipen, in die ich Sie führen könnte? Da ist auch die Kleine. Aber ich werde sie nicht beachten, das Geschäft geht vor, soll sie traurig sein, es wird um so schöner werden, sie zu trösten. Ich spüre ein Jucken zwischen den Zehen, aber ich habe keine Zeit nachzuschauen, die Kundschaft will bedient werden, heimlich streife ich die Schuhe ab."

Ich lasse sie alle herein, sollen sie doch kommen, ich fürchte sie nicht, der Besuch meiner Tochter steht bevor, sie werden keine Gelegenheit haben, sich neben sie zu drängen, auch werden wir zu dem Spaziergang aufbrechen und sie hier zurücklassen. Aber was soll's? Solange ich sie lade, verfüge ich über sie. Ich habe die alte Dame verjagt und Monika für sie kommen lassen. Ich fühle mich wohl. Alles geschieht mir nach Willen, es ist an der Zeit, daß ich meinen Geburtstag feiere. Geburtstag. Ich habe die Tasse Kaffee vor mir, den Teller mit dem Kuchen, streiche die Sahne darüber, er schmeckt ausgezeichnet, ich nippe vom Cognac, die Blumen in der Vase sind frisch, eine Sorte billiger Kleinorchideen, die ich zu dem Zweck besorgt habe, das Wetter allerdings ist nicht freundlich für den Spätsommer, doch hellt es sich auf, nichts gibt es, was zu beklagen wäre, ich lehne mich zurück, greife zu der Zigarette. „Lassen Sie mich in Ruhe." Es ist mein Sohn, der sich eingemischt hat. Er ist gekommen, mir zu gratulieren. Ich kann stolz auf ihn sein, doch diesen Augenblick empfinde ich ihn als störend. Er sagt: „Grüß Gott, Papa. Ich bin unterwegs bei der Mutter vorbeigegangen, soll dir die Wünsche bestellen. Ich habe wegen des Stadtverkehrs die U-Bahn benutzt, warum willst du nicht zu uns hinausziehen? Gerade um diese Jahreszeit ist es herrlich, der Wald ist in der Nähe, bei der Hitze würde es deiner Gesundheit wohltun, in ihm spazieren zu gehen. Ich habe die Kinder nicht mitgebracht, sie spielten gerade, und in der Bahn wären sie unruhig geworden." Ich haue ihm eine herunter, dann sitzt er am anderen Tischende und löffelt die Sahne. Es ist ein friedlicher Tag, ich habe mir zuviel Milch in den Kaffee getan, der Asparagus auf der Tischdecke ist frisch, später werde ich ihn in eine Vase stecken. Er wird lange halten, es bleibt mir gestattet, mich wohl zu fühlen, die Bilder an der Wand hängen dort, wo sie hingehören, ich überprüfe dies jeden Morgen, Staub habe ich gewischt, das Mahagoni schimmert beruhigend, lassen Sie mich lobpreisen: Herr, ich danke Dir, daß Du mir diesen Tag noch geschenkt hast, anderes auch hätte in Deinem Ratschluß liegen können, aber Du warst willig zu mir, ich danke ohne die Absicht, mehr zu verlangen, doch bin ich nicht am Ende mit meinem Flechtwerk, vielleicht gönnst Du mir noch von der Zeit, die Du üppig zu vergeben hast, ich will gehorsam bleiben und haushalten, niemand soll mir auch nur geringes nachsagen können, so werde ich keine Schande in Deine Nähe bringen, gleichmäßig sei mein Tag, wie Du es wünscht, soll ich noch lange reden zu Dir, der Du Bescheid weißt, es könnte Dein Ohr langweilen, kränken, zugleich aber zögere ich zu schweigen, weil mich Deine Erwartung nicht erreicht, es mich schmerzen würde, Dich zu enttäuschen, verzeih, daß es mir nicht gelungen ist, diesen Tag allein, nur zu Deiner Würdigung, zu verbringen, doch hast Du es eingerichtet, daß es wimmelt ringsumher, die Versenkung in Dein Andenken gestört wird durch Ereignisse und Geräusche, es summt in der Luft und es riecht nach einer Lust, die Augen werden auf Fremdes gelenkt, die Hände kommen nicht zum Tagwerk, Dinge schieben sich vor, die erst beseitigt werden müssen, trotzdem, ich danke Dir, daß Du mein Geschick wachsen läßt, ich richte mich ein nach Deinem Willen. „Ilse", sagt mein Sohn, „habe ich nicht mitgebracht, weil sie auf die Kinder achten muß. Wir können uns kein Mädchen leisten." „Ihr habt zu groß gebaut", antworte ich.

„Du hast es mich gelehrt, nicht das Bescheidene zu wollen." Er ißt bereits das zweite Stück Kuchen.

Es ist ein Apfelkuchen, wie ich ihn zu jedem Geburtstag bevorzuge, mit einem Gitter aus Teig über Obst und dem angebräunten Rand. Dieses Jahr ist er dem Bäcker gelungen, er fertigt ihn mir, wie er behauptet, auf einem besonderen Blech, läßt ihn in meine Wohnung zustellen, warm noch, der Geruch breitet sich aus, legt sich an die Wände und Gegenstände, die Geborgenheit des Zuhauseseins ergreift Besitz von einem alternden Mann, dies mag gestattet sein oder nicht, es ist läßlich, ich bewege mich in der Wärme, die Milch der Mutter steigt mir zu Kopf, ich werde trunken, lächle, tapse einher, sehe die Vögel wieder, die an den Fenstern vorbeifliegen, atemlos beobachte ich den Flügelschlag, versuche den kleiner werdenden Körpern mit den Augen zu folgen, bis sich Traurigkeit einstellt mit ihrem Verschwinden, der ferne Dunst ist es, der schauern macht, niederzwingt zu der Möglichkeit, sich wieder zu erheben, ein Gefühl, das mit keinem vergleichbar ist, dastehen, wissen um Unendliches, von einem Vogel nur gezeigt, mit der Ahnung, die ihm nachgefolgt ist, Einheit herstellen, in der man selber seinen Platz hat. „Du sollst nicht herumreden", sage ich zu meinem Sohn. Der steht auf und macht Kniebeugen. Er macht zwischendurch stets Kniebeugen, er streckt dazu ordentlich die Arme nach vorne, die Daumen unter den Handflächen, hat den Kopf nach hinten, so daß seine Haare sich über dem Kragen verwirren. In der Regel bringt er fünfzehn Stück zusammen, heute leistet er nur zehn, ich sage: „Vergangenheit ist etwas Lächerliches. Es gibt sie nicht für Menschen mit Anstand. Du aber erinnerst mich an sie. Wäre es da nicht richtig, dich zu beseitigen?" Ich habe nicht die Absicht, zu erklären, er antwortet auch nicht, er hockt sich hin, weiter zu scheffeln. Er

hat ein weißes Hemd an, ja, es ist sauber, der Anzug ist von dunklem Grau, die Schuhe sind schwarz und geputzt, doch ist die Krawatte rot und grün gemustert und mit einer goldenen Spange, die im Reversausschnitt sichtbar wird, am Hemd befestigt, er läßt an Leute denken, welche die Binde um die Zigarre lassen, während sie schon angefangen haben zu paffen, dazu ist sein Gesicht von gesundem Aussehen, im Augenblick noch röter, wegen der Kniebeugen glänzt es sogar, was hat er von seiner Mutter, die ich vergessen habe? Lassen wir es dabei bewenden, sagen wir etwas Freundliches: „Ich finde es schön von dir, daß du mich besuchst. Wünscht du noch einen Cognac?" Wird es etwas Schöneres geben als den morgigen Tag, diesen Tag nach der heutigen Feier, nach dem Apfelkuchen, nach dem Besuch meines Sohnes? Die Reste des Backwerks trocknen zu Stücken Erinnerung, ich muß sie entfernen, aber es ist nicht notwendig, bereits daran zu denken, komm, mein Sohn, zeige, was du bist, ich antworte ihm: „Es ist gut, daß du allein bist. Ich habe noch nie Gefallen gefunden an deiner Familie."
„Ich suche eine Frau, die mich glücklich machen soll. Ich will verreisen. Vielleicht wird sie mir im Zug gegenübersitzen."
„In der ersten Klasse sind die Geschäftsreisenden. Es ist eine Frage der Geduld."
„Ich hänge sehr an Ilse. Aber ich werde mich entwöhnen."
Ich überlege, ob ich am Cognac gespart habe, er schmeckt nicht, wie er sollte. Aber das kann nicht sein, ich probiere wieder, bin zufrieden. „Gib mir die Zeitung herüber." „Ich bin gekommen, mich mit dir zu unterhalten."
„Also?" Ich werde diesen morgigen Tag genießen.

Ich bewege mein Pferd über den Reitweg des Parks, fremde Hunde bellen hinter mir drein, gefräßige Köter, von ihren Herren verwöhnt, sie reichen nicht hoch zu meinen Stiefeln, ich beschleunige den Falben, zügle ihn den Hang hinauf, sein Schnauben verleiht auch meinem Atem Stärke, oben steige ich ab, ich stehe im Gras, blicke über das Panorama der Stadt, die aus geringen Anfängen gewachsen ist.

„Mein Sohn", sage ich, „es ist an der Zeit, daß wir uns vertragen. Du hast von mir gelernt, frei zu sein, dir die Dinge untertan zu machen. Du sollst mich an die Zukunft denken machen, nicht mich erinnern an Gewesenes. Die Luft ist klar, der Blick weit, ich erkläre dir die Silhouette vor uns, wir werden sie verändern, das Vergangene wird in seinen Resten vernichtet, darüber bauen wir das Neue, größer und schöner, als selbst wir uns dies jetzt vorzustellen vermögen. Wir sind nicht kleingläubig, wir vertrauen auf die Kraft unserer Hände, ein Wille ist unbesiegbar, treibt ihn Verlangen an, es wird Licht in den Herzen, die Erfüllung ist unser, die Morgenröte ziert selbst unseren Abend, der frisch ist vom Vergnügen, es wachsen die Gebäude unserer Lust, Tausende arbeiten in ihnen zu ihrem Frommen, wie wir aus Einsicht gebieten, sie tilgen und pflegen nach unserem Befehl, es ist unsere und ihre Herrlichkeit, sie leisten sich Genugtuung für die verflossene Scham, wir sind, sie und wir, unserer würdig geworden, sitz auf mein Sohn, verschränke deine Arme vor meiner Brust, du bist mein Junge, von dem ich annehmen will, daß er keine Mutter gehabt hat, wir wollen zurück, wir haben einen Blick geworfen auf das, was zu tun ist." Der Morgen ist mild, die Sonne hat den Tau vom Park

genommen, der Hals meines Pferdes ist trocken, es ist die Stunde, die ich gezwungen habe, sich zu wiederholen in der ständig neuen Prägung meines Wunsches. Ich greife zu dem Kuchen, er schmeckt noch, ich schlürfe den Cognac, ich koste den Kaffee aus gebrannten Bohnen, ich behaupte: Ich bin zufrieden. Er hockt mir gegenüber als eine Schande, ich wende mich von ihm ab, auf der Straße bewegen sich die Menschen, die ich zu formen habe, und ich vertrödle meine Zeit mit ihm. „Steh auf", sage ich. „Zeige dich."
„Was soll ich, Vater?"
Ich verzichtete darauf, mich zu wiederholen. Der Sohn hat dunkle Haare, der Schnitt ist frisch, seine Haut zeigt die gesunde Farbe, nur die Augen sind klein und blaß, als tränke er, auch ist eine Neigung zu Tränensäcken und Doppelkinn sichtbar, ich betrachte ihn mißtrauisch, die dicken Finger, die runden Handgelenke, die Uhr, die nicht von der Manschette des Hemdes bedeckt wird, er hat nicht die Manieren, die ich mir wünschte, es ist nicht zu ändern, er beginnt in seiner Kaffeetasse zu rühren, ein Mann Anfang Dreißig, der seinen Körper nicht unter Kontrolle hat. „Was hast du vor?" frage ich.
„Wenn ich die Frau gefunden habe, werde ich von vorne anfangen."
„Du solltest an deine Pension denken. Sieh an, ich kann es mir leisten, Obliegenheiten selbständig zu bestimmen, nachdem ich dem Allgemeinen vierzig Jahre gedient habe."
„Ich brauche mehr."
„Du hast dich ungünstig verheiratet. Du hast es nicht für der Mühe wert gehalten, mich zu befragen, doch ekelst du mich an mit gewesenen Geschichten."

„Es wird anders werden. Ich stelle mir ein junges Mädchen vor. Ein junges Mädchen macht alles anders, neu, meine ich. Eine andere Wohnung, andere Möbel, ein Lachen und Tanzen dazwischen, ich drehe mich mit, und keine weiteren Kinder, ein junges Mädchen nur für mich, es wird daliegen und es wird dastehen, ich werde es bekleiden, schmücken für mich oder es entblößen, kämmen und streicheln, ihm den Wein einflößen und ihn tauschen von Mund zu Mund. Es wird mein Anfang sein." Er wippt mit seinem Stuhl, er schiebt ihn zurück, geht um ihn herum, schmatzt noch an seinem Kuchen, bleibt mit einem Mal hinter der Lehne stehen, wagt es, mir die Zunge herauszustrecken, ich werfe ihm ein Stück Zucker ins Maul, woran er zu knabbern hat, zu Wort gekommen, erkläre ich: „Ich habe genug von deinen Frechheiten." Gebändigt, setzt er sich wieder, um zu gähnen, ich finde, daß ich eine rechte Freude an ihm habe, rede weiter: „Wir haben es geschafft, mein Sohn, es ist Sommer. Die Ernte reift auf den Feldern, Libellen stehen über dem Schilf, die Luft ist erfüllt vom Sirren, als wollte sie springen, einen Spalt Schweigen freizulassen, in dem es sich ruhen ließe, gib mir deine Hand, wir wollen uns trotz allem vertragen, ich nehme dich an, du sollst kein Kind ohne Vater sein, aber du mußt den Schweiß von deinen Handflächen wischen, damit mich nicht schaudert." Ich fasse ihn an den Schultern, schiebe ihn zum Fenster. „Dies alles will ich dir zeigen, schau es dir genau an, denn die Straße wird sich von deinem Blick verändern, die Häuser werden ihre Farbe wechseln, die Fernsehantennen nach dir greifen, während die Fenster sich für dich öffnen, die Nachbarn sichtbar werden in ihren Hausanzügen und beim Liebesspiel, das du beobachten sollst, um nicht dabei sein zu müssen. Jetzt trete wieder zurück, damit wir uns weiter belehren. Es ist mein Geburtstag, es wäre an dir, das Geschirr zu waschen. Es gibt nur das Neue, mein Sohn, ich werde noch die Gelegenheit finden, dir das zu erklären." Es ist Frieden in meiner Wohnung, der Nachmittag endet nicht plötzlich, ich setze mich zu der Dame auf die Bank: „Sie erlauben?" Das Plätschern des Springbrunnens, das Glitzernde der Wasserstäubchen beglückt mich. Am Rande des Beckens schwimmt ein Brettchen, auf dem die Spatzen sich drängen. Die Helligkeit des Tages ist ein Versprechen. „Gnädigste", sage ich, „ist dies nicht eine Gunst? Sie sind, darf ich Sie, ich bitte um Entschuldigung, mit mir vergleichen, noch jugendlichen Alters, aber dennoch, ein Tag ist nicht wie der andere, Sie verstehen, was ich meine, nicht daß ich mich Ihnen ungebührlich nähern wollte, aber die Augen öffnen sich vor diesem Licht, ein Glanz breitet sich über die Gesichter, stimmt freundlich, läßt uns die Welt noch einmal umarmen. Auf der Wiese hinter der Hecke spielen die Kinder, ihre Stimmen sind aus dieser Entfernung wie ein Geläute zu hören, das ruft und verspricht, Sie bemerken, ich schätze nicht die körperliche Berührung, aber die Anwesenheit von jungen Menschen scheint mir unerläßlich, eine Voraussetzung, die dem Stolz des Alters aufgezwungen ist, denn es wäre arg, nicht mehr die Zukunft zu sehen, an der wir nicht unbeteiligt sind." Sie blickt zu mir, sie antwortet, ich habe sie soweit. Die Krempe ihres Hutes wirft Schatten über das verdunsene Gesicht der Trinkerin, die Unterlippe wölbt sich vor, während sie redet, feucht und nach innen heller werdend, die kleinen Zähne sind in Ordnung, übersieht man die

Spange der Prothese. „Ich sitze gerne auf diesem Platz", sagte sie. Ich kehre zurück, es ist übergenug.
Warum habe ich keinen Sohn, mein Gott, warum habe ich keinen Sohn? Ist es eine Not, keinen Sohn sein eigen zu nennen? Ist es wahr, daß ich ihn nur aus der Wohnung gejagt habe? Ich weiß, daß es nicht so wichtig ist.

„Er steht an seinem Fenster und schaut zu mir herüber. Einmal werde ich ihn zwischen die Augen treffen, ich bin mir dessen sicher, da wird er umfallen, und sie werden ihn durch diese Haustür heraustragen, ihn hineinschieben in den Karren mit dem Kreuz. Ich habe seine Visage gesehen, das reicht. Vielleicht werde ich mir seinen Kopf holen zum Spielen oder ihn zwischen das Obst legen, die Kundschaft zu vertreiben. Das werde ich tun, es wird mein freier Tag sein, am Abend nehme ich ihn mit, ihn meiner Liebsten zu zeigen. Liebste, sage ich, gefällt er dir? Meine Liebste sitzt unter dem Tisch, dort wartet sie auf mich, und ich kuschle mich zu ihr. Fühlst du mich kommen, Angebetete, ich schätze meine Arbeit nicht, obwohl sie nützlich ist, ich habe etwas übrig für Paraden. Die Fahnen hängen an Stangen aus den Fenstern, die Stiefel der Soldaten sind gewichst. Die Kapelle pausiert, der Tambourmajor wirft ab und an seinen Stock hoch, fängt ihn wieder auf, ich trage die Trommel, ich schlage den Rhythmus des Marschtritts, weiße Handschuhe, schwarze Schlagstöcke, schwarze Stiefel, schwarzer Lack das Mützenschild, zwölf Trommler sind wir in der Reihe, ich bilde das rechte äußere Glied. Vom Straßenrand winken Kinder mit Fähnchen und Blumen, Frauen tanzen, strahlende Gesichter, verklärt die Augen der Männer, wer könnte dem Anblick von Farbe und Disziplin widersprechen, Stärke bewegt sich mit der Marschsäule zwischen der Menge durch, die Jubel dazuschenkt, die Größe des Festes spürbar macht in den Beinen der Truppe, der ich den Schritt schlage, Triumph in den Handgelenken, die sich selbständig bewegen, während mein Kopf sich berauscht, die Sonne steht über der Stadt, der Himmel ist von südlicher Bläue, klassizistische Fassaden strecken sich, die Menschen in den Fenstern schmücken den steinernen Rahmen, der Tambourmajor hebt den Stab, das Trommeln bricht nach dem nächsten Schlag, Fanfaren, dann die Kapelle, nur die Polizisten, die hin und her laufenden Sanitäter und Krankenschwestern scheinen nicht teilzunehmen am Hochgemut, erinnern an den letzten Alltag, marschieren wir, Kameraden, wir wollen niemals aufhören, die Sohlen unserer Stiefel fest auf ein Pflaster zu setzen, ich halte die Schlegel über Kreuz in die Höhe, warte auf den Einsatz, zwei Dutzend Stöcke rasseln in einem einzigen Geräusch, Einheit verkündend, Verbundenheit, wie die Salve über dem Grab des verstorbenen Kriegers, Begeisterung bricht über uns herein, wird hochgehalten als Bogen des Triumphes über dem Raum, den die Trommel füllt, durch dessen Gasse wir uns bewegen, sehend, spürend, atmend, der Glanz pulsiert durch die Adern, bedrängt unsere Herzen, ich stehe auf dem höchsten Gipfel, habe Gurt und Seil abgeschnallt, meine Hände stützen sich auf den Pickel, die Bergwelt umher liegt zu Füßen, die Wand war hart zu begehen, ich merke, daß mein Mund sich öffnet vor Erschöpfung, es ist geschafft, ich werfe den Hund in heißes Wasser, die Flöhe zu töten, ziehe ihn wieder heraus, der Offizier stößt den Befehl zum Stechschritt aus, ich vereine mich mit dem Laut seiner Lippen, schwenke den Kopf nach rechts, hefte den Blick an den Mann auf der Tribüne, der auch mich grüßt, bis die Order des Offiziers meinen Blick wegreißt, zurück in die Richtung des Marsches. Die Dächer der Pagoden schwingen uns entgegen, Palmen stecken im Sand, wir haben die Windjacken ausgezogen, unsere Körper bräunen, wir eilen den Wellen des Meeres entgegen, werfen uns mit gebreiteten Armen dagegen, der Zerstörer hat die Geschütze landeinwärts gerichtet, unser Bad zu schützen, laßt uns fröhlich sein, Kameraden, solange der Mohn noch blüht, er ist gefärbt von den Opfern, die wir unserer Labsal dargebracht haben, die Gewehre stehen zu Pyramiden zusammen, wir haben den Frieden gemacht, ich hocke auf dem Bauch des schwangeren Weibes, um zu rasten, wir haben keine Fahne mehr, aber wir haben die Trommel und das Gleichmaß des Marschtritts, ich falle vor die Füße meiner Liebsten, sie tritt nach mir, rollt mich weiter, ich richte mich auf, sage: Laß uns die Wohnung schmücken.

Wir rücken den Schrank, legen den Abstreifer an seinen Ort, sie wischt die Türklinken, poliert die Kommode, bürstet die Polster der Sessel, kriecht hin, die Bodenleisten zu glänzen, hebt die Sofadecke, an den Staub zu gelangen, sie steigt auf das Fensterbrett, hält sich mit einer Hand am Rahmen, der Rocksaum hebt sich über den Rand des Schlüpfers, ich stoße sie an, höre sie aufs Pflaster schlagen, bis sie zurückkommt, habe ich bereits die Girlanden zwischen die Zimmerecken gespannt, sie hängen an kleinen Nägeln, meine Liebste springt vor Freude an mir hoch, hat die Beine um meine Hüften, die Arme um meinen Hals, ich löse die gefalteten Hände hinter meinem Kopf: Wir werden es zu was bringen. Ich nehme einundzwanzig Kerzen aus der Schublade, lege sie noch einmal zur Seite, schlage den Rahm, drücke ihn aus dem Säckchen zu einer Schrift über die Torte, stecke die Kerzen rundum hinein, brenne sie an, stelle mich mit meiner Liebsten davor, eine Weile, dann die erste Platte, die Liebste sagt: Es ist herrlich zu feiern, wiegt sich, ich kenne das Musikstück nicht, beginnt mit dem Heben eines Beins, berührt den Schuh mit den Fingerspitzen, dreht sich in dieser Haltung mit kleinen Rucken um sich selbst, beugt sich vor und zurück, wiederholt auf dem anderen Bein, wippt hoch, gleitet in den Spagat, schwenkt den Oberkörper mit wedelnden Armen, wird steif, auch der Blick starr bei erhobenem Kopf, bis sie aufspringt, um mich herumtanzt, wirft die Kußhand, ich stehe still, doch beendet sie die Bewegung nicht, ich greife ihren Arm, sie knickt ein, ich halte sie, auf meinem Knie ist sie nun, sagt: Du tust mir weh. Ich zerre sie hoch, aber sie widerstrebt, ich umfasse sie trotzdem, sie windet sich, an mir hinuntergleitend, frei: Ich bin fröhlich, laß mich tanzen. Ich setzte mich in den Sessel, weine. Sie kommt zurück auf mein Knie: Du darfst nicht traurig sein, wenn ich mich freue. Sie fingert an meinem Rücken unter dem Gürtel, zieht das Hemd heraus: Es ist der schönste Geburtstag, den ich erlebt habe. Sie legt meinen rechten Arm um ihre Schultern, ich taste ihre Brust, schiebe den andern unter ihren Knien durch, stelle mich hin, trage sie, während sie mir die Haare vors Gesicht streicht. Was für ein Mädchen. Was für ein wunderbares Mädchen. Was für ein herrliches Mädchen. Ich gehe mit ihm die Anhöhe hinterm Dorf hinauf. Wir legen uns ins blühende Gras. Zupft meine Liebste Margeriten und Schlüsselblumen ab? Steckt sie mir einen Halm zwischen die Zähne, zirpen die Grillen, höre ich vom Waldrand her den Eichelhäher, beobachte ich den Schwarm Krähen, hat der Kirchturm im Tal eine Zwiebelhaube? Auf den Armen, den Beinen meines Mädchens flimmern die Haare. Ich nage sie einzeln ab, während der Körper sich regt, welch eine Sonne, Blütenstaub und Fliegen jucken auf der Haut, das Mittagläuten vom Dorf hoch läßt die Münder sich öffnen, die Augen schließen sich, Arme schlingen sich ineinander, unsere Köpfe fallen zurück in das Gras, Ameisen bedecken die Gesichter, der Sommer läßt uns faulen ohne Not, düngen wir die Wiese, ehe der Bauer die Kühe darüber treibt, schmecken wir die Erde, bevor sie uns auflesen und zu Tale bringen, um uns auf den Altar zu legen, zwischen das Gold, zwischen die Kerzen, auf die gestickte Decke, Oblaten haben sie meiner Liebsten auf die Brüste gelegt, ich halte den Kelch zwischen den Händen, wir tauschen Blut und Fleisch, die Gemeinde kniet, Weihrauch reinigt uns von unkeuschem Geruch, der Meßdiener spritzt Weihwasser, was machen sie mit uns, warum bringen sie uns in ihr Schlachthaus, trennen unsere Herzen heraus, erst dann begraben sie uns dicht an der Kirchhofmauer, während der Silberschmied schon die Fassung unserer Herzen hämmert, sie werden, im Schrein aufgestellt, freigegeben zur Verehrung unserer Liebe, andächtige Weiber stecken Kerzen vor ihnen auf, die sie beleuchten ohne Unterlaß, die Knochen liegen unter den Steinplatten, auf denen unsere Namen stehen, vereinzelt Sträußchen liegen, die, mit einem Seufzer hingeworfen, lasch werden und welken, ich setze dich ab, Liebste, auf die Kante des Tisches, ich stelle mich zwischen deine Schenkel, halte mich fest, willst du nicht von deiner Torte essen?"

Es ist meine Erfahrung, daß er das Recht hat zu feiern, nicht anders als ich, aber ich billige es ihm nur widerstrebend zu, ich richte mich auf zwischen dem Geringen, ihm seinen Platz zuzuweisen, gewiß, kommt herein: „Warum Sie? Sie habe ich nicht gerufen."
„Sie werden mir die Zeit lassen, mich wieder zu entfernen." Ich sehe nicht gerne Männer, die älter sind als ich, sie sind behangen mit verrottetem Zeug, ich weigere mich, es anzufassen, um es von ihnen zu zupfen, doch sollte ichs in ihre Mäuler stopfen, sie daran zu ersticken, gibt es Elenderes als den modernden Stolz, ich stelle mich gerade vor diesem Herrn, der sich nicht schämt, mir den Griesgram seines Gesichtes zu zeigen. „Ich gehöre Ihnen", sagt er. „Verfährt man grob mit seinem Eigentum?" „Ich habe meine Wohnung gesäubert, es bleibt zwecklos für Sie und Ihresgleichen, aus den Löchern zu kriechen, um den Schmutz zu suchen, der euch nährt." Ich habe meinen Standpunkt eingenommen, ich habe ihn bloßgelegt, ich fahre fort: „Ich kann Ihnen die Orden abnehmen, dann wieder anstecken."
„Seien Sie nicht albern, ich trage Zivil." Er benutzt nicht den Sessel, er setzt sich auf den Stuhl, ich werde versuchen müssen, ihn hochzutreiben, aber er hat seinen Stock zwischen die Knie geklemmt, die Hände über dem Knauf gefaltet. „Bleiben Sie weg von mir", sagt er, „vielleicht bin ich Ihr Vater." Ich lache ihn aus, aber er fängt an, sich zu verbreiten, es fallen ihm die Gedärme aus dem Bauch, die Ärzte bemühen sich um ihn, sie haben Kittel an, die Krankenschwestern schieben das Bett hin und her, zeigen verdrossene Mienen, vom verchromten Galgen hängen Flaschen und Schläuche, Vater versucht, seine Gedärme zusam-

menzuhalten, die Ärzte haben ihre Masken umgebunden, in einem weg waschen sie sich die Hände, die behaarten Arme, bis hinauf zu den Ellenbogen, Vater sagt gar nichts, er hat genug zu tun, dann treten Schwestern zu ihm, seine Hände vom Gedärm zu lösen, er ist schwach, denn er läßt es sich gefallen, das Gedärm beginnt das Zimmer zu füllen, da springen die Ärzte mit den Messern hinein, keiner achtet auf den anderen, wütend schlagen und schneiden sie herum, sich aus der Umschlingung zu lösen, Kot und Blut beschmutzt ihre schönen Mäntel, die Schwestern nicken anerkennend, so haben sie es immer gewollt, noch ringen die Ärzte, Schweiß im Gesicht, aber sie haben schon ihre Stücke heraus, vergleichen sie miteinander, es gibt kein Erbarmen, sie fangen von vorne an, jeder weiß, was er zu tun hat, sie sind das eingespielte Team, verständigen sich mit Gesten, sie beeilen sich, schon waten sie in dem Sumpf, den sie aus Vater geholt haben, der lacht, der schreit: Mein Herr, zu Dir, sinkt zwischendurch zurück auf das Kissen, die Ärzte lassen ihm nicht viel, endlich zittern seine Finger schon, als er nachprüfen will, sogleich stoßen die Schwestern seine Arme beiseite, klammern sich an ihm fest, aber er kann ihnen auch nicht helfen, sie fallen in seinen offenen Bauch, drohen zu verenden, dann holen die Ärzte sie wieder heraus, lassen Vater gewähren, sie erfüllen sein letztes Verlangen, halten die Köpfe mit den Masken hin, damit er sie streicheln kann. Ihr seid feine Kerle, sagt er, mein Sohn wird euch entlohnen, dann blickt er um sich, sieht mich, ich gleite durch seine Exkremente näher zu ihm, er nimmt meine Hand, flüstert: Verzeih allen, sie können auch nichts dafür, und zudem sind sie tot. Alle stehen nun steif, schweigen, bevor sie anfangen, sich zu regen, der oberste der Ärzte nickt mir zu, es war nichts mehr zu machen, die anderen vollziehen bereits wieder ihre Waschungen, während die Schwestern den Unrat zusammenschaufeln, ich übergebe mich, mein Zimmer ist zu einer Schlachtküche geworden, ich wehre mich dagegen, ich brülle das Personal an, sich zu beeilen, aber es tut schon sein Möglichstes, schließlich sind sie soweit, ich bin wieder allein, mein Teppich zeigt die alte Farbe, ich habe mich reinlegen lassen, ich bin froh, daß heute Dienstag ist, meine Tochter mich gegen fünfzehn Uhr besuchen wird. Mit ihr werde ich den Raum verlassen, durch die Straßen gehen, vorbei an dem unflätigen Geschrei des Obsthändlers, ich werde es hinter mir lassen, es tut gut, hinter sich zu lassen, meine Tochter wird sagen: „Du siehst heute blaß aus."

Und ich: „Mach dir keine Sorgen." Aber noch bleibt Zeit, die Bleistifte frisch zu spitzen, nicht zu sehr freilich, sonst brechen sie, behindern den Fluß der Niederschrift, es gibt manches, was ich erledigen möchte, alles verzögert sich, ich weiß nicht, wie ich den Fortgang der Arbeit beschleunigen könnte, irritierende Einzelheiten, die nicht zur Sache gehören, fallen mir zu, geraten aufs Papier, verstellen die Sicht auf das Gewünschte, müssen gestrichen werden, trotzdem, ich bin ohne Zweifel, daß ich es schaffen werde, zum Begreifen der Klarheit ist manche Abschweifung vonnöten, eine Frist noch, dann werde ich meiner Tochter vorlesen können, was ich gearbeitet habe, dann endlich dürfte mein Standort auch für sie von Interesse sein, die immer arg unwissend, ja selbst ohne Vertrauen zu sich selbst, versucht, ihren Weg zu machen, also nicht zögern, ich stehe im Zwang, bereits die Stunden zu nutzen, der ich früher ein solches Leben

nach Jahren, ja nach Jahrzehnten gemessen habe, ich sitze an dem Tisch, aber ich habe keinen Erfolg, der Geruch der Operation füllt noch das Zimmer, betäubt, obwohl ich dagegen angehe, so gut es möglich ist. „Wo kommen Sie her, Fräulein?"
„Ich bin die Dame, die Sie bestellt haben."
„Ach ja."
„Sie haben meine Anzeige gelesen und mich angerufen."
„Das muß ein Irrtum sein, ich kann mich nicht mehr an solche Dinge verschwenden."
„Trinken wir einen Schluck, damit wir uns näherkommen?"
„Bitte, bedienen Sie sich." Ich habe sie mitgenommen, sie steht in der Mitte des Zimmers, sie ist schwarzhaarig, sie schaut sich um, sie fragt: „Bist du reich?"
„Willst du das wissen?"
Sie sagt: „Es ist mir egal."
Ich: „Du lügst."
„Wenn du meinst." Sie ist schwarzhaarig, sie hat eine weiße Haut, das Kleid ist hochgeschlossen, doch sind die Arme frei, sie hat Sandalen mit hohen Absätzen, ihre Sehnen sind gespannt, sie drückt die Knie durch, sie macht kleine Schritte, ihre Hände langen hinter den Hals, die Tasche hängt in der Armbeuge, sie wendet sich ab von mir, einen Schritt weiter, ich öffne den Reißverschluß des Kleides, sie bleibt ruhig, kehrt sich mir zu, hält das Kleid mit beiden Händen an den Schultern. „Schenkst du mir was?" Sie ist siebzehn, sie hat auch grüne Augen, das Gesicht ist rundlich, nur die Lider sind geschminkt.
„Bist du was für mich?" frage ich.
„Warum hast du mich eingeladen?"
„Ich mache dich lustig."

Sie schaut auf die zwei Scheine in meiner Hand, die Haut ihres Gesichtes wird straffer, der Mund schmal, dann versucht sie, ihn zu öffnen, es gelingt ihr nicht sofort zu sprechen, ich stecke die Scheine in ihre Handtasche. „Kauf dir was Schönes", ich halte sie, sie faßt um mich herum, ich lasse sie los. „Was ist?" fragt sie.
„Mach schon."
Ich werde es aushalten, ich werde stehenbleiben, ich werde mich nicht bewegen, sie wird auf dem Bett liegen, sie wird wieder aufstehen, sie wird auf mich zugehen, ich drehe mich um, ich trete aus dem Zimmer, sie wird allein sein, sie wird sich anziehen, sie wird heulen, sie wird nach mir schlagen, sie wird einfach weggehen und das Geld ihrem Freund bringen, ich werde sie nicht wiedersehen, es ist mir danach, sie umzubringen, sie lächelt mich an, sie wird tot sein, und mein nächster Tag wird werden wie der heutige, sie war nie da, ich habe sie nie getroffen, sie ist zerstört, sie liegt nicht auf meinem Teppich, das ist nicht gewesen. „Muß es denn auf dem Boden sein?" frage ich.
„Macht es dir was aus?"
„Steh auf."
Ich halte schon ihre Hand. „Du heißt Elsbeth", sage ich, aber das wäre kein Grund, mich mit ihr zu wälzen. „Ich bin ein alter Mann", sage ich.
„Du bist nicht alt", sagt sie.
„Ich habe dich."
„Ja, du hast mich." Später trinken wir Kaffee. Sie hat es nicht für nötig befunden, sich inzwischen anzuziehen, sie hat die Beine hoch, und ich halte ihre Füße. Dann lasse ich sie Schnaps aus der Küche holen, sehe ihr nach, habe die Augen geschlossen, als sie zurückkommt. „Du bist komisch", sagt sie, ich schaue sie wieder an. „Willst du noch Geld?"

„Hast du welches?"
„Du bleibst hier?"
„Wenn du willst."
„Wir werden deine Sachen holen."
„Das mach ich alleine."
Dann warte ich auf sie. Warum aber habe ich den Ziegelstein von der Baustelle heraufgetragen, ihn nun zu zerkleinern? Ich hocke auf dem Boden der Küche, schlage mit der schmalen Seite des Hammers auf den Stein, erfreue mich an den spitzen Stücken, die abspringen, habe ihn im Hohlraum zwischen meinen Beinen, die Hose färbt sich rot von dem Staub, ich nehme die Stücke, breche die dünnen Kanten ab, streiche sie zu einem Häufchen zusammen, sie mit dem Daumen zuerst, dann mit dem Hammer zu zerdrücken, fülle das Mehl ins leere Gurkenglas, lasse Wasser darüber laufen, rühre mit dem Mittelfinger um, stelle es auf das Fensterbrett, überlege, gebe getrocknete Erbsen dazu, mal sehen, was daraus wird. Vom Hof kommen die Stimmen der Kinder hoch, die Laute der scheltenden Frau dazwischen, es ist erst Nachmittag, Schwüle zieht durch die Balkontür, ich spüre den Schweiß, wäre es gut, das Hemd auszuziehen, oder lasse ich es an, was habe ich zu tun, die Eier sind im Kühlschrank, die Nudeln im Kasten, als Jäger befände ich mich im Wald, es sind die Stimmen, die ins Ohr dringen, sie allein sind es, die mich hinaustreiben zu anderem Tun, das noch zu bedenken wäre, liegt Dunst über Teppich und Polstern? Ich merke, daß ich falle, werde ich ersticken? Ich sitze auf der Türschwelle, gegen den Rahmen gelehnt, ich fühle mich wohl, halte die Hand vor, zu prüfen, ob die Finger zittern, sie bleiben ruhig, ich kann aufstehen und weitergehen ins nächste Zimmer, noch einmal sage ich mir: Es

ist Nachmittag, ich ziehe die Vorhänge zu, der Dämmer schmeichelt sich durch die Augen, betäubt, ich werde diese Nacht schlafen können, ich will nicht öffnen, falls das Mädchen läuten sollte, ich stehe hinter der Tür, auf es zu warten, ich ziehe die Jacke an, gehe hinaus, ich stolpere, ich habe mich daran gewöhnt, auf mich zu verzichten, ich kehre in die Küche zurück, den Abfall zusammenzukehren, leere das Glas in die Toilette, es ist verfärbt, als ich es zum Müll tue, ich bin frei, es mag fünf Uhr werden oder auch sechs, ich rede mir zu, ich lasse mich nieder, ich berühre Papier, es gilt, einen Brief zu schreiben, jemand wird ihn erhalten, das ist gewiß, ich werde niemandem Schande machen, da ich Absicht und Willen habe, zu überleben, das wäre wichtig, mitzuteilen, aber es genügt auch, wenn ich das weiß, ich sage zu der Frau auf der Straße: „Ich habe auf Sie gewartet."
„Sind Sie verrückt?"
Ich antworte: „Woher können Sie wissen, daß es nicht stimmt?"
Sie: „Mit Ihresgleichen will ich nichts zu tun haben." Sie ist dreißig Jahre alt und hat Hose und Bluse an, die Haare geknotet. Ich frage, ob ich ihre Tasche tragen dürfe. Dann steigt sie zur U-Bahn hinunter. Mir nur ist bekannt, daß Monika noch trinkt, doch werde ich vermeiden, sie zu besuchen, es wäre auch möglich, ich käme zu spät und sie ist wieder in ihrem Haus, doch hat sie das dritte Glas Wein, bald wird sie aufbrechen, sie redet das Kind an, das auf dem Hydranten sitzt: „Wenn du mit mir kommst, will ich dir was Schönes zeigen." Sie wagt aber nicht, es herunterzuzerren, so wendet sie sich zurück, der Mann faßt an ihren Bauch, sie stößt ihn weg: „So weit sind wir noch nicht", die Kellnerin bringt die frischen Gläser, doch schluckt

sie den Schnaps nun, bevor sie vom Wein nippt. „Was hast du bei dir zuhause?" Er sagt: „Eine Katze." Er reibt sein Knie an dem der Frau, die sich nicht bewegt, weitertrinkt, eine Zigarette aus seiner Packung holt, er streicht das Zündholz an, hält es ein wenig entfernt von der Zigarette, sie ruckt den Kopf in seine Richtung, seine Hand kommt näher, sie nimmt die Finger nicht zur Hilfe, läßt die Zigarette zwischen den Lippen zittern, während sie den Rauch einzieht. „Wollen wir zusammen raus?" fragt er.

„Ich habe einen Wellensittich zuhause und ein Kind. Bei mir ist alles, wie es sein soll. Mein Kind ist ungebärdig, ich will ihm ein Vorbild werden. Es fallen Flocken vom Himmel, es zu beschützen, sein Haar ist kraus und dunkel, ich kann die Locken um meine Finger wickeln, du weißt nichts von dem Segen, der über einem Haupt liegt. Ich sehe dich verrecken im Winkel hinter den Mülltonnen, die Aschenmänner putzen ihre Schürzen an dir ab, leere Flaschen stecken in deinen Manteltaschen, man wird dich liegenlassen als Beispiel für alle Kinder, mit dem Zeigestab wird man ihnen den Knochenfraß weisen, wenn dein Skelett zu einem Haufen Gebein zusammengefallen ist, in Ordnung gerecht von der Portiersfrau. Ich fasse dich an, Löcher in dein Fleisch zu drücken, stinkendes Wasser hast du unter der Haut, der Herr beschütze mich vor deiner Einfalt und schenke mir Leckerbissen zum Verbrauch, ich verfluche den Ort, ich verfluche dein Bier, ich bin rein im Herzen, es ist Sonntag. Ich sitze vorne in der Kirche zum Gottesdienst, Mutter hinten, auf mich zu warten, ich habe ein blaues Röckchen an und weiße Kniestrümpfe und eine weiße Bluse, es ist Sommer wie heute, meine Schuhe haben Spangen, der Pfarrer fragt, wollt ihr

Gottes Kinder bleiben, ich verspreche es im Stillen, die Orgel tönt, wir singen, ich habe es so gehalten. Ich trage in Taschen alles, was ich brauche, es ist nichts dabei, was ich dir abgeben könnte. Ich brauche Kartoffelsalat für mein Kind, und Würstchen. Du kannst mich haben, wenn du zahlst, es bleibt mir nicht Zeit, ohne Lohn zu leben, ich schaue auf die späteren Tage, aber was weißt du davon, du kommst von einer Stunde zur andern, ohne zu beten, man muß stärker sein als die andern, du bist elend, und es gilt, dich zu meiden, ich heiße Monika, und ich habe einen Sohn, um den ich mich sorgen will. Du aber strecktest Deine Hand aus der Höhe und rissest seine Seele aus dieser tiefen Finsternis, denn es weinte zu Dir seine Mutter, Deine Getreue, weinte um ihn mehr, als Mütter Leichname beweinen. Ich sah seinen Tod durch das Glauben und den Geist, den ich durch Dich besaß. Und Du hast mich erhört. Du hast mich erhört und hast meine Tränen nicht mißachtet, wenn sie strömend den Boden unter meinen Augen benetzten, wo immer der Ort meines Betens war, ja, Du hast mich erhört." Ich schenke Monika Puder für ihr Gesicht. Sie verbraucht ihn, bis ich sie nicht mehr erkenne. Noch immer ist das Mädchen da, es hat mir zugehört, vielleicht habe ich es dazu bestellt, ich sage: „Zieh dich schon aus." Aber ich erwische es nicht, spüre nur den eigenen Körper, es schüttelt mich, das Geräusch der Stimme dringt wieder durch das Fenster, ich habe mir die Ohren verstopft, das gestehe ich, aber es nützt nichts, soll es soweit kommen mit mir, daß ich diese Stimme hören mag, als könnte ich über sie verfügen?

„Meine Liebste ist mit zum Tanz. Es geht hoch her, das Hemd klebt mir an Brust und Rücken, meine Liebste hat ein Kleid an, das die Schultern frei läßt, sie sind glatt und braun, ihre Brüste erregen den Gefallen, ihre Beine den Neid, ich ernte den Lohn meiner Arbeit, kein alter Knacker wird sie mir nehmen, ich verkaufe die Äpfel und bringe ihr Geld, es ist alles ganz einfach. Die Schwiegermutter achtet darauf, daß meine Liebste mir treu bleibt, die Rente der Schwiegermutter ist gering, ich bin der Ernäher, ich küsse dich, Schwiegermutter, ich klopfe auf deine Schenkel, sie hüpft vor Freude, sie tollt herum, kaufen Sie, meine Herrschaften, ich will Schwiegermutter verwöhnen, ich schenke ihr eine Mark extra, ihr Rock fliegt hoch über die verpißte Hose, sie gerät außer sich, es macht mir Mühe, sie wieder zu beruhigen, ich halte sie, ich tätschle sie, ich lasse sie teilhaben, meine Liebste ist glücklich, sie hat einen guten Fang gemacht, sie darf sich pelzen und auf mich warten, sie wird fetter und geiler, sie ist meine Liebste, die Schwiegermutter hat ihre Perücke über uns gestülpt, wir kriechen unter ihr herum, uns zu finden, wir sind nicht tilgbar, Schwiegermutter hat uns den Segen gegeben, weil ich ihr den Schnaps hingestellt habe, jetzt gesellt sie sich zu uns, ist sie nicht einmalig, wir sind eine Familie, wir werden Kinder zeugen und ewig dauern, mein Sinn ist auf das Geschäft gerichtet, denn es erhält meine Lust, im Frost stehe ich und in der Hitze, es ist der Abend, der mich warten läßt, meine Liebste dürstet mir entgegen, unter dem Tisch ist es gemütlich, wir drei haben Platz genug, Sie dürfen uns nicht besuchen kommen, Sie kaufen die Äpfel, die ich mit den eigenen Händen in die Tüten lege, aber was wissen Sie davon, mit meinen Händen, die nach der Liebsten greifen, fasse ich Ihr Geldstück, es ist vorbei mit den Festen der Reichen, der Ernst ist eingekehrt, ich rechne zusammen, was ich gesammelt habe."

Ich habe mich zwischen den Gedärmen meines Vaters aufgerichtet und im letzten Speichel meiner Mutter, ich bin eine alte Waise, es gibt nichts mehr, was ich fürchten müßte, ich kann die Fliegen nicht leben lassen, sie finden kein Aas vor, andächtig besinne ich mich meiner, ich vermute, es ist wieder so weit, daß ich einen Schluck verdient habe. Ich reinige das Glas mit dem Spülmittel, schwenke tüchtig nach. Da ich mir nur mehr selten erlaube, zu trinken, setzt klebriger Staub sich an, der schwer zu entfernen ist, und ich lege Wert auf einwandfreie Trinkgefäße, prüfe das noch, indem ich das Glas während des Polierens mehrmals gegen das Licht halte, es ist mir eine Freude, es blitzen zu sehen, bevor ich den Alkohol eingieße. Ich stelle die Flasche zurück in den Kühlschrank, gehe in das Zimmer, mich an den Tisch zu setzen, mit kleinen Schlucken beginne ich, in ordentlichen Stapeln liegen vor mir die Blätter mit meinen Aufzeichnungen, es wird Pflicht meiner Tochter sein, sie für die Veröffentlichung zu sortieren, denn selbstverständlich ist formal nicht alles gelungen, was schriftlich festzuhalten ich versucht habe, und manches ist gar über Notizen nicht hinausgediehen, diesen Teil meiner Arbeit halte ich für den wichtigsten, umrißhaft nur ist mir da geglückt, menschliche Figuren oder erst deren Schemen nachzuzeichnen, sie geben Aufschlüsse, ohne Zweifel, aber sie wären zu ergänzen, darum mich zu bemühen, dürfte den Rest meiner Jahre füllen, trotzdem bin ich nicht reif genug, behaupten zu wollen, ich könnte Menschen in der absehbaren Zeit in ihrem vollen Umfang als die schmerzliche Nichtigkeit, die, wie ich fürchte, sich aufdecken wird, begreifen, habe ich doch noch immer nicht den Grad Schmerz erreicht, der ihnen angemessen wäre, ich tue, was mir möglich ist, gewiß, ich schränke mich ein, ich leide freiwillig, um hinter ihnen hersinnen zu können. Mich in die Lage zu versetzen, zu fühlen und zu denken wie sie, scheue ich auch nicht zurück, mir ständig Neue herbeizurufen, obwohl die Menge der Gestalten mich eher verwirrt, aber ich habe erfahren, Beschränkung bedeutet hier Mangel, so werde ich meiner Tochter nur Fragmente hinterlassen, mag sie sehen, wie sie zurechtkommt, aber ist es der Sache nützlich, daß ich nun diesen Schnaps trinke? Ja, manchmal mag es geraten sein, eine stärkere Durchblutung zu fördern, und wahrscheinlich ist dies gerade ein solcher Augenblick, ich trinke auf mein Wohl, darauf, daß ich gesund genug bleibe, noch eine Weile fortzufahren, denn wer sollte mir die Arbeit abnehmen, etwa gar sie zu Ende bringen, der Schnaps brennt auf meinem entwöhnten Zahnfleisch, ich behalte ihn kurz im Mund, ehe ich schlucke, atme durch, während ich den Brand in meinem Magen spüre. Es sollte festgestellt werden, was nicht mein Eigen ist, worüber ich kraft meiner Befähigung nicht gelernt habe zu verfügen, es ist dieses Gefühl, das Lebenslust macht bei einem schon alten Menschen, umgehen zu können mit Dingen und Lebewesen nach Belieben, nur nach der Bedingung der selber gesetzten Form, eine Glückseligkeit, die den Vergleich mit dem Frohsinn der Jugend durchaus zu ihren Gunsten entschiede, die Nachteile körperlicher Verfallserscheinungen sind in Kauf zu nehmen, ich trinke mir zu, was solls, wo sind die Zufälle, die mich stören könnten, es sei denn körperlicher Schmerz, und auch den werde ich zu verwenden wissen, solange meine Hand oder auch nur meine Lippen sich bewegen können. „Du bist betrunken", sagt meine Tochter.

„Verzeih, aber du kommst außer der Zeit." Sie ist zu mir ins Zimmer getreten, ohne anzuklopfen, sie hat die Schlüssel der Wohnung, man weiß ja nie, was passieren kann, aber bisher hat sie sich immer laut gegeben, bevor sie wagte, bei mir einzudringen, das macht mich stutzig. „Ist etwas nicht, wie es sein soll?" frage ich, „hast du Kummer mit deinem Mann?"

„Ich mag nicht, wenn du herumschwätzt." Aber sie nimmt mir das Glas nicht weg, kehrt selber mit einem gefüllten aus der Küche zurück. Ich habe Schwierigkeiten, mich meiner Tochter zu erwehren, immer wieder, besucht sie mich, stellt sich bei mir Verlegenheit ein, die Zuordnungen von Befehl und Gehorsam sind verkehrt worden, ich muß mich der Versuchung widersetzen, mich als umsorgtes, gelegentlich aufbegehrendes Kind darzustellen, sie kommt zu mir her, zupft an den Revers meiner Jacke herum, streicht Schuppen, die sie zu sehen meint, vom Kragen, drückt mir die Haare im Nakken zurecht, dies nun leide ich besonders ungern, denn körperliche Berührungen sind mir ein Greuel geworden, als Nadelstiche dringen sie mir unter die Haut, aber bisher war es nutzlos, meine Tochter darauf hinzuweisen, sie beachtet mein Zurückzucken nicht, und, wie ich vermutet hatte, schon wieder ist es soweit, sie steht hinter mir, greift an mein Haar. „Das nächste Mal werde ich sie dir wieder schneiden", sagt sie.

„Hat das nicht Zeit?"

„Nein." Im Stehen trinkt sie aus ihrem Glas.

„Du hast also keinen Anlaß, mich zu besuchen."

„Ich hatte das Bedürfnis, dich häufiger zu sehen."

„Das ist nicht nötig." Ich bemerke, daß ich meinen Rücken an der Lehne des Sessels reibe, richte mich gerade, blicke in ihr Lächeln. „Aber selbstverständlich, ich freue mich, daß du da bist."
„Gib mir dein Glas, ich hole noch einen Schluck."
Ich schaue ihr nach, sie ist Anfang dreißig, fast ein Kind noch, das instinktiv und freundlich handelt, vielleicht, daß sie um die Taille etwas zu breit ist, aber ansonsten tut es wohl, sie anzuschauen, es bringt Vergnügen für die Augen eines Vaters, eine entwickelte Tochter besichtigen zu dürfen, dies, obgleich ich sofort Erinnerungen abzuwehren habe, die mir den Augenblick liebenswerter erscheinen lassen könnten, als es ihm entspricht, es gelingt mir sogar, den Gedanken an die Mutter, samt dem genüßlichen Jugendgefühl, am Rande des Bewußtwerdens zu halten, sogleich fällt er wieder ab, ich konzentriere mich auf den Schnaps, den ich zu erwarten habe, der mag eine Stunde unübersichtlich machen, aber bei geringen Mengen löst er sie nicht auf. „Es ist reizend von dir." Ich streichle über ihren Arm, denn, merkwürdigerweise, einen geschätzten Menschen meiner Umgebung anzufassen, scheue ich mich nicht, unerträglich nur, nähert er sich mir. „Wir werden heute den Spaziergang unterlassen?" fahre ich fort.
„Es kommt mir so vor." Ich denke, sie liebt mich. Die Strenge erlaubt mir nicht, diese an sich erfreuliche Empfindung zu pflegen, ich kann mir nicht gestatten, meine Sicht eintrüben zu lassen, wenn ich auch gelegentlich in solches Wohlbehagen falle, erhebt sich doch, hat sie mich erst wieder verlassen, der schmerzliche Stolz, auch noch auf diese Tochter verzichten zu können, auf die Verbindung, die sie mir zur Vergangenheit und nach draußen herstellt, aber ich kann da nie sicher sein, noch nicht, ob ich

mich etwa doch betrüge, denn schon merke ich aufs neue, wie ich hineinsinke, fast in ihre Arme, das Verlangen hochsteigt, sie zu umschlingen, zärtlich und zugleich auch sich vergewissernd, daß da noch etwas ist außerhalb meiner selbst, was zu mir gehört, was hinstrebt zu mir und mich schützen mag vor der schlimmsten Unbill. Ich breche die Überlegungen ab, sie machen mich wehmütig, die Züge meines Gesichtes weichen auf, der Blick verliert seinen Klarsinn, in einer beschämenden Wortwörtlichkeit, der Körper meiner Tochter droht mir in seinen Umrissen undeutlich zu werden, sie ist aber wie sie ist, und sie ist meine Tochter, ich biege den Daumen der rechten Hand zurück, bis er schmerzt.
„Ich wünsche nicht, daß du mich außerhalb der vereinbarten Zeit bei der Arbeit störst", sage ich.
Doch sie achtet nicht darauf, schlürft sogar versehentlich ihren Schnaps.
„Laß das."
„Du bist nicht aus dieser Zeit", antwortet sie, stellt aber das Glas weg.
„Ich danke dir."
„Ich wollte mich ein wenig unterhalten."
„Es geht mir nicht so gut."
„Eben deshalb."
„So habe ich es nicht gemeint." Ich zögere, fahre fort. „Ich bin nicht aufnahmebereit für fremde Geschichten."
„Du wirst bald auf mich verzichten müssen."
„Ich werde es schaffen."
„Leider nicht." Sie holt tatsächlich die Flasche aus der Küche, schenkt mir ein, als hätte sie Milch für ihr Kleinkind zur Hand, ich lasse das Glas fallen.
„Wie du meinst", sagt sie. „Ich werde morgen Spargel und Schinken bringen. Der Spargel ist dieses Jahr ausgezeichnet."

„Kommst du mit den Kindern?"
„Am Vormittag sind sie in der Schule. Vielleicht ist es gut, daß du den Schnaps nicht mehr getrunken hast. Verzeih, aber manchmal meine ich, es sei noch alles bei dir wie vor Jahren."
„Willst du andeuten, ich sei krank?"
„Du mutest dir zuviel zu." Nein, sie ist nicht wieder weg, sie wischt Staub, schiebt sogar mein Papier hin und her. „Ich denke, das reicht für heute. Ende der Woche säubere ich dann gründlich."
„Ich werde nicht umkommen."
„Aber du könntest mal lüften."
„Nein."
„Dann vielleicht später." Ihr Gesicht bleibt gleichmäßig, nur immer wieder dieses Lächeln, das Verständnis vortäuscht, es kann ihr noch nicht zu eigen sein, aber dennoch genieße ich den Gedanken, sie könnte sich über die Jahre hin mir annähern, eine Gemeinsamkeit der Auffassung stellte sich ein, die uns gemeinsam unterschiede vom Gewaber, von der Vorsicht der Üblichen, die zu verachten ich mich erzogen habe, ich ertappe mich, daß ich nach ihrer Hand greife, und sie antwortet mit einem Druck, noch dieses Lächeln, es betäubt mich, oder es ist nur der Alkohol. „Bis morgen", sage ich.
„So um neun."
„Ich warte auf dich." Ich kehre ihr den Rücken zu, ich höre das Klicken der Tür, vermeine noch ihre Schritte über den Flur und im Treppenhaus zu vernehmen, ich stelle mich gerade, rucke mit den Schultern, die Einfalt verläßt mich allmählich, sie hat die Flasche auf dem Tisch stehenlassen, ich tue noch einen Schluck, was ist los? Ich sage zu mir selbst: „Ich lasse mich allein."

Monika sitzt auf der Bank, sie sagt: „Ich suche meine Mutter." Sie hält mich an der Hand und führt mich. Warum hat sie so starke Arme? Monika sitzt gerade, sie hat die Tüten neben sich, die Bäume werfen den Schatten über das Pflaster des Gehwegs ein Stück weit die Häuserfront hinauf, es ist windstill, ein paar von denen, die vorbeikommen, schauen auf Monika, sie redet weiter: „Mutters Hände sind kalt. Sie hat Handschuhe an, die die Fingerspitzen freilassen. Im Eimer sind die eingelegten Gurken, in Säcken sind Linsen, Mehl und Hirse, im Faß die Heringe. Was darf es heute sein? Möchten Sie gleich bezahlen, oder soll ichs auf die Rechnung schreiben? Hier zwei Lakritzen für die Kleinen. Die Kinder wachsen und wachsen. Der Herr Gemahl ist gesund? Das freut mich. Die Glasballons mit dem bunten Zeug stehen oben auf der Vitrine. Ich will nur Zucker essen, Mutter, immer nur Zucker, ganz viel Zucker. O, Mutter, ich lege mich auf den Boden, und du baust eine Burg über mir, rot und grün und gelb und auch schwarz und blau und lila. Und dann schnulle ich mich durch, bis du mich wieder siehst. Ich schenke allen Kindern Bonbons. Aber du darfst mich nicht häßlich anziehen. Ich will nicht die braunen Handschuhe mit der Schnur dran, und ich will nicht den braunen Schal, ich will nicht die braune Mütze, nicht die braunen Strümpfe und den braunen Pullover, auch nicht die schwarzen Stiefel, wenn ich mit dir in die Messe gehe, und du sollst nicht den schwarzen Hut aufsetzen und den schwarzen Mantel anziehen, die schwarze Tasche halten und das schwarze Gebetbuch. Wir wollen radfahren, wenn es Sonntag ist, und die Leute nichts kaufen dürfen. Warum sind deine Fingernägel immer so blau? Vater wäre bei uns geblieben, wenn deine Fingernägel nicht blau und dick wären." Monika geht zum Amt, sich das Geld zu holen.

Ich habe Monika verloren. Es wäre schamlos, ihrer zu gedenken, deren Leben ich für mich selbst nicht habe begreifen können, aus niedrigen Beweggründen, aus Feigheit also und Bequemlichkeit, es ist mir nicht gelungen, ihre Würde zu erreichen, lassen wir das also, nennen wir Personen beim Namen, die uns näher sind, schlagen wir denen in die Fresse. „Was bilden Sie sich ein, habe ich Sie darum gebeten, mir Ihre Schuhcreme anzudrehen?"
„Sie haben sie gekauft."
Ich höre die Stimme dieses Menschen von der Straßenecke, aber wann hat er den Artikel ausgetauscht, er erzählt mir Geschichten. „Meine Liebste sagt: Ich habe Federn um mich. Es sind Pfauenfedern. Ich habe eine weiße Strumpfhose an und einen bunten Reif um die Stirn, ich breite die Arme, ich öffne den Mund, ich singe, die Engel schweben von den Seiten herein, mich zu wiegen, ich falle durch den Bühnenboden, die Arme des Arbeiters waren für mich bereit, sie tragen mich weiter, auf der Straße beginne ich zu frösteln, an seiner Brust wärme ich mich, meine Federn zieren sein Gesicht, er nimmt mir den Reif ab, ich steige in seinen Keller, er breitet mich über die Ottomane, doch warum stürzt er sich nicht auf mich? Er gibt mir Tee ein, er klaubt die Federn ordentlich zusammen, steckt sie als Bund in die Vase auf seinem Tisch, er gibt mir einen Kamm, damit ich mich schön mache für ihn, er wäscht meine Strumpfhose, ich versuche, seine Handgelenke zu umspannen, wir lachen, er gießt Wasser über meinen Körper, mich zu erfrischen, er spreizt meine Beine, am Morgen

zeigt er mich seinen Freunden, die stehen um die Ottomane herum, mich zu bewundern, dann läßt er sie über mich, ich bin ihre Königin, ich drücke den Reif wieder auf, erhebe mich zwischen ihnen, wir setzen uns zum Frühstück, ich wedle mit den Pfauenfedern meines alten Gewandes, während ich ihnen voraus zum Marktplatz ziehe, ich habe in das Lied eingestimmt, das sie singen, ihre Stimmen tasten meine Haut ab, lassen meine Lippen zittern, sie heben mich auf ihre Schultern, ich bin nackt, nehme den Reif ab, grüße mit ihm hinauf zu den Fenstern der Fassaden, sie öffnen sich, viele sind wir, mein Freund schenkt mir eine Pistole, ich trete vor die Schulklasse, ich sage: Wollt ihr nicht das Morgengebet verrichten? Aus den Fenstern fallen Luftschlangen, Ballone steigen hoch, auf die mein Name gedruckt ist, ich bin geliebt, ich umschlinge die Marmorsäule in der Mitte des Platzes, klettere hinauf, ich habe einen Mantel an, ich habe ein Kind auf dem Arm, ich habe ein Zepter, ich habe eine Krone, ich lächle, Fahnen senken sich zu meiner Ehre, ich aber lächle zu dem Kind, das schon tot ist, aber nicht traurig scheint, der Apfel fällt dem Bischof auf die Mütze und alle lachen, er verteilt seinen Wein, auf Karren werden die Fässer mit frischem herangeschoben, Jubel schallt zu mir hoch, meine Freunde reißen die Kleider von sich, so daß man ihre Glieder sehen kann, ich bin die Königin der Gesunden, sie werden mich beschützen vor Unheil, auf der Ottomane im Keller des starken Mannes ruhe ich aus, bis sie mich wieder brauchen.
Ich drücke meiner Liebsten die Augen zu, frage: Bist du tot?
Sie sagt: Ich möchte sterben.
Darauf meine ich: Lassen wir es gut sein."

Was soll dies? Immer wieder stelle ich mir die läppische Frage, zunächst aber halte ich fest, ich erinnere mich nicht einer Tochter, womit ich nicht ihr Vorhandensein bestreite, ich bedenke nur die Bedeutung, die ich ihr zuzubilligen gewillt bin, freilich, sie war ein reizendes Kind, aber das ist vorbei, ich habe meiner Pflicht als Vater Genüge getan. Belüge ich mich? Nein, ich bestreite, ich streite ab, ich schütze mich mit Hilfe einer Behauptung vor ihrer Liebe. Mein kleines Glück wäre eine Privatsache, nichts weiter, nicht übertragbar, somit außer acht zu lassen, nur wirksam bleibt es, wahrscheinlich läßt es mich einfach leben, gibt mir Unbeirrbarkeit, das genügt, es soll im Hintergrund bleiben, mich nicht zu stören, sie war ein reizendes Kind, sie ist eine gute junge Frau, es ist zum Lachen, sie widerspricht meiner Einsicht, doch bedrängt die Ausnahme die Regel nicht, ich habe nur darauf zu achten, einen Glücksfall nicht zu genießen, dies wäre mein Ende, tattern könnte ich nurmehr an ihrer Hand, wie sie es vielleicht wünscht, um mich zu umsorgen, aber das wird nicht, zumindest nicht vorläufig, ich wende mich anderen Dingen zu: „Meinetwegen begrüße ich Sie."
„Ich habe mir etwas für Sie ausgedacht."
„Ich lege keinen Wert darauf."
Es ist ein Mann, wiederum älter als ich, geschrumpft fast zur Unkenntlichkeit, mit gebeugtem Rücken und schlotterndem Anzug, Knoten an den Fingern und hervortretenden Sehnen am Hals, ich betrachte seine Poren, doch scheint er das nicht zu bemerken. „Ich habe ein Brettspiel mitgebracht", sagt er. „Eine Partie Mühle oder Dame wäre das Richtige." Er packt den Kasten aus einer rissigen Ledertasche. „Ihre Mutter war meine Geliebte. Sie waren damals sieben oder acht Jahre alt, kein auf-

fälliges Kind, etwas hochgeschossen und still, blond, ich habe Sie nicht gemocht, Sie haben einen Diener gemacht und danke und bitte gesagt, vor allem sahen Sie stets frisch gewaschen aus und hatten wenig Jungenhaftes, das Abwartende im Blick, ich hielt es für Verschlagenheit, aber Ihre Mutter widersprach, selbst nachdem Sie mich bestohlen hatten. Sie haben ein Zwei-Mark-Stück aus meiner Jacke genommen, ich bemerkte es sofort. Sie sind jetzt am Zug. Nicht so, ich mache Sie darauf aufmerksam, bis Sie eingeübt sind. Übrigens hat Ihre Mutter Sie wegen des Diebstahls in eine Dunkelkammer gesperrt, länger als eine halbe Stunde, ich empfand eine Art Genugtuung, denn in dem Augenblick war ich stärker als Sie. Die Jacke hing an der Garderobe, ich hatte mich mit Ihrer Mutter in den Salon zurückgezogen, die Türen geschlossen, Sie waren ein mißgünstiger Widerling, aber darum haben Sie nicht gestohlen, ich wurde später Lehrer und kenne mich bei Kindern aus, Sie waren nur vernascht, verweichlicht, konnten keiner Lockung widerstehen, worin Sie sogar eine gewisse Ähnlichkeit mit Ihrer Mutter hatten, einer recht begierigen Frau, um nicht zu sagen, sie sei unersättlich gewesen, denn wahrlich, ich war nicht ihr einziger Liebhaber. Hören Sie überhaupt zu? Jetzt haben Sie gut gezogen, ich war etwas nachlässig während der Erinnerung. Ihr Vater war auf dem Gebiet, das ihr viel bedeutete, auch eher zurückhaltend, wohl so vornehm, daß er sich schon schämte, die Hose aufzuknöpfen, wenn er alleine im Zimmer war, nicht daß Ihre Mutter davon erzählt hätte, so eine war sie nicht, aber man sah es ihm an, und ich begegnete ihm zweimal die Woche. Als Student war ich Ihrer Familie zum Mittagstisch zugeteilt, wie es derzeit üblich war, ich

sollte abgefüttert werden und dann verschwinden, aber ich habe mir doch mein Besonderes geholt, verstehen Sie, Ihr Vater ging gegen drei wieder in sein Büro, und ich kehrte in das Haus zurück, egal wie die Vorlesung auch hieß, die ich versäumte, es war ein Sommersemester lang, kein ausgedehntes Vergnügen, wie Sie merken, aber angenehm, außerdem mußte man schauen, wie man über die Runden kam, ich habe es geschafft bei gepflegter Gesundheit."
„Ich habe gewonnen", sage ich. „Na gut."
Ich ziehe ihm die Schuhe aus. „Dies ist ein Pfänderspiel", fahre ich fort, „Sie haben ein Kleidungsstück verloren."
„Ich warne Sie, mich zu provozieren."
„Spielen wir weiter."
„Ich war immer in der schwächeren Position, aber ich habe daraus bei jeder Gelegenheit etwas gemacht."
„Wie Sie meinen." Ich stelle seine Schuhe ordentlich zusammen, er kniet hin, noch die Riemen zusammenzubinden, was meinen Unwillen erregt bei dem alten Schuhwerk, ich hätte Lust, ihm zu sagen, er solle da hinein pissen, aber ich halte mich zurück, dann schwätzt er weiter, während ich spiele.
„Ich hatte gleich nach dem Nachtisch zu verschwinden", erklärt er, „Ihr Vater legte sich zu seinem Schläfchen nieder, die Zeitung in der Hand, vermute ich, die dann über sein Gesicht fiel, ohne daß er es bemerkt hätte, nun, man kann ihm hinterherreden, er sei anständig gewesen. Ich könnte Ihnen Einzelheiten von Ihrer Mutter erzählen, da würden Sie sich zu Tode kichern, nicht, daß sie eine Schönheit war, aber passabel, auch war sie eine erfahrene Frau, was einer, sah er euch als Familie auf der Straße, kaum vermutet hätte."

Nun habe ich ihn nackt auf dem Teppich hocken, die Falten seiner Haut hängen über den Rippen, die Knie haben vortretende Scheiben, und die Füße sind an Spann und Knöcheln verdickt. Ich drehe ihn mit der Spitze meines Schuhs weiter, was hat er mir zu sagen, ich biege ihn zurecht, nun kauert er auf sein Maß gebracht auf meinem Schreibtisch, aber er spricht weiter: „Haben Sie Appetit auf ein Gulasch? Ich könnte es Ihnen auf meine besondere Weise zubereiten. Haben Sie Tomaten im Haus und große Zwiebeln?" Ich nehme ihn hoch, ihn an mich zu drücken, dann trage ich ihn zum Müll. Ich verbrauche zuviel, aber mehr als einen Eimer möchte ich nicht aufstellen, ein zweiter wäre zu verführerisch, eine gewisse Mäßigung ist gefordert, will einer nicht übermütig werden, ich setze mich zurück, nicht ohne mir die Hände gewaschen zu haben, das Wetter hat sich immer noch nicht verändert, die Hitze drückt angenehm, ich ertappe mich bei einem kurzen Pfeiflaut, ich bin wohlgestimmt, schlenkere die Arme, schäme mich dessen, rücke mich auf dem Stuhl zurecht, der Gegenstand meines Mißmuts ist wieder gut im Geschäft, die Mütter bringen ihren Kindern Obst nach Hause, das erfrischen soll, ich habe schon manches über ihn erfahren, ohne daß mein Groll, wie das sonst bei näherem Hinhören der Fall zu sein pflegt, abgenommen hätte, doch er scheint mir heute still und müde, ja, ich überrasche mich dabei: Seine Stimme fehlt mir zwischen dem Geräusch der Straße, als erhielte sie nur von ihm ihre Lebendigkeit, ich habe Muße, ich erzähle die Geschichte einer Jugend, wie sie auch hätte sein können, ich schenke meinem Gast von vorhin ohne Scheu eine Vergangenheit, ich bin gutmütig, und er fängt es idyllisch an: „Die Dächer sind mit Schindeln gedeckt, aus den Kaminen steigt der Rauch, im Hof spielen die Kinder, die Frauen lehnen auf dicken Armen in den Fenstern, sie haben die Wäsche an die Schnüre gehängt, schauen zwischendurch, reden ein paar Sätze lang miteinander, über die Kartoffeln, die Milch, haben sie sich recht gegeben, schweigen sie wieder, ich trete durch das Tor auf die Straße, ich habe eine dunkelblaue Hose an, die an Trägern hängt, kein Hemd, auch bin ich barfuß, der Stoff der kurzen Hosenbeine reibt die Haut der Oberschenkel, bis sie anfangen zu jucken, ich stelle die leeren Kisten des Obstmannes zusammen, er schenkt mir einen Groschen dafür, ich setze mich auf die Mauer am Kanal, halte mich an der unteren Stange des Geländers, ich bin neun Jahre alt und in der zweiten Klasse, mein Vater hat zwei große Hunde, sie sind schwarz und dunkelbraun, haben ein glattes Fell und spitze Schnauzen, ich besitze ein Meerschwein, mein Bruder hat auch ein Meerschwein, auch meine Schwester, meine Mutter hat einen Wellensittich und eine Vase mit Blumen, sie ist die Portiersfrau, ich bin ihr Sohn, Vater arbeitet im Hafen, die Lastkähne kommen durch den Kanal, doch ist der Hafen weit weg, ich war noch nicht dort, meine Schwester ist dreizehn Jahre alt, mein Bruder elf, im Kanal schwimmen Möwen und Haubentaucher, die Möwen sitzen auch auf dem Geländer, bei der Treppe zur Anlege sind die Enten, auch vor der Brücke, mit dem Taschenmesser kratze ich Kiesel aus dem Weg hinter mir, die lasse ich einzeln ins Wasser fallen, dann kommen die Enten, die Möwen nicht, vielleicht habe ich morgen Brot, ich gehe über die Brücke, vor dem Kaufhaus verkauft ein Mann Aale, er steht auf einer Kiste, so daß ich ihn sehen kann, er wickelt die Aale in Zeitungspapier, ich höre ihm zu, er hat kurze blonde Haare und eine weiße Haut, ich warte, bis das Kaufhaus schließt, dann helfe ich ihm beim Zusammenräumen, ich bringe einen Aal mit nach Hause, Mutter holt einen Eimer Wasser von der Leitung im Zwischenstock, damit ich mich waschen kann, weil ich stinke, Vater mag das nicht riechen, den Aal essen meine Mutter und meine Schwester, meine Schwester wäscht sich auch, sie nimmt mein Wasser, weil sie zu faul ist, sich frisches zu holen, dann zieht sie sich was Neues an und stellt sich zu den anderen vors Tor, mein Bruder ist noch nicht da, Mutter sagt nichts, auch als Vater aus der Wirtschaft kommt zum Essen, ist mein Bruder noch nicht da, ich mag gerne Linsen mit Speck und Pellkartoffeln, Vater sagt, daß er müde sei, er schickt mich als ersten ins Bett, ich schlafe noch nicht, als mein Bruder kommt, Vater schlägt ihn mit dem Rasierriemen, der neben dem Spiegel hängt, dann kommt mein Bruder zu mir ins Bett, er weint nicht, obwohl er nichts zu essen gekriegt hat, er stößt mich mit dem Knie zur Wand, weil ich zuviel Platz brauche, ich frage ihn, wo er war, aber er antwortet nicht, er liegt auf dem Rücken, mein Vater geht noch einmal mit den Hunden, ich höre sie bellen, als sie zurückkommen, sind sie still, sie schlafen auf dem Sofa in der Küche, meine Schwester kriegt keine Prügel, auch wenn sie spät kommt, sie ist noch nicht wieder da, als Vater und Mutter sich ausziehen, sie haben jeder ein Bett allein, auch meine Schwester hat ein Bett, in dem sonst niemand schläft, wenn Vater betrunken ist und sehr laut schnarcht, steht meine Mutter wieder auf, sie nimmt die Decke mit, vertreibt die Hunde vom Sofa und legt sich selber darauf, manchmal vergißt sie, die Tür zum Schlafzimmer zuzumachen, dann muß sie nochmal raus, sie hat immer ein Nachthemd an, das sauber ist, ich habe, wenn ich schlafe, ein Hemd von meinem Bruder, das Mutter nicht mehr flicken mag, mein Bruder schläft immer schneller ein als ich, aber ich habe es ihm noch nicht gesagt, Vater schläft am schnellsten ein, meine Schwester schläft manchmal nicht bei uns, weil es ihr zu laut ist am Morgen, wenn wir aufstehen, sie geht auch nicht mehr oft zur Schule, einmal war ein Polizist da, um sie abzuholen, da hat Mutter gesagt, sie wisse auch nicht, was mit dem Mädel los sei, aber sie gebe sich alle Mühe mit ihr und morgen, da komme sie bestimmt wieder in die Schule, das hat sie auch getan. Wenn sie aus der Schule zurückkommt, ist es ihr ganz schlecht, aber ich gehe auch nicht immer zur Schule, der Lehrer verhaut mich mit dem Stock, das macht mir nichts aus, ich tue doch, was ich will, und ich weiß schon, was ich will, doch ich verrate das nicht, nur meiner Schwester hab ich es mal erzählt, die hat mich nicht ausgelacht, aber sie hat mir versprochen, daß sie sich um mich kümmern wird, wenn alle andern tot sind, sie hat gesagt: Die machen das nicht mehr lange. Ich steige über meinen Bruder weg, ich nehme die Wurst aus dem Schrank, schneide ein Stück ab, ich esse es, während ich am Fenster stehe, das Licht im Hof ist angegangen, ich kenne den Mann nicht, der drunter durchgeht zum nächsten, aber er muß einen Torschlüssel haben, sonst wäre er nicht reingekommen, er macht auch keinen Lärm, ich will nicht mehr zurück ins Bett, nachdem ich den Küchenschrank verschlossen habe, setze ich mich zu den Hunden, der eine Hund heißt Prinz, der schwarze Arco, Arco schleckt meine Hand ab, das machen Hunde immer, am Morgen wird Mutter wieder schimpfen, weil ich nicht zugedeckt bin, aber sie wird es Vater nicht erzählen, ich sage zu ihr, daß ich geträumt habe, ich mag meinen Bruder gern, wie man einen Bruder gern haben muß, aber er schlägt immer mit den Armen herum, wenn er schläft, in das Bett meiner Schwester darf ich nicht, du legst dich nicht in das Nuttenbett, hat mein Vater mal gesagt, es stimmt auch, es riecht komisch bei meiner Schwester, es ist nur blöde, daß ich nicht vor den anderen aufwache am Morgen, sonst würde ich mich schon hineinlegen, und die Hunde könnten auch da schlafen, meinetwegen, statt auf dem Sofa in der Küche, aus dem schon die Federn herausspringen, jetzt kommt meine Schwester doch nach Hause, und ich darf noch zu ihr ins Bett, wenn ich leise bin. Dann stößt sie mich an, und ich krieche hinter meinen Bruder, meine Schwester hat steife Haare wie erwachsene Frauen, ich hab ihr den Kamm herausziehen dürfen."

Es ist übergenug, ich drohe in Seligkeiten zu ersticken, ich spucke in den Spiegel, ich schlage mir ins Gesicht, ich reiße Striemen über meine Schenkel. „Alypius lebte bei mir, frei zur Zeit von der Tätigkeit als Rechtsgelehrter, nachdem er zum dritten Mal Beisitzer gewesen war, und wartete, wem er seinen Rechtsbeistand verkaufen könnte, so wie ich die Redekunst verkaufte." Wenn ich auf die rechte Art der Kasteiung stieße, ich würde sie nutzen, auch die ärgste, hülfe sie mir, meinen Begriff von dem Beiwerk zu reinigen, das ihn immer wieder zu schmücken beginnt, aber alles, was mir unterkommt, ist nicht die rechte Weise, das Problem zu erledigen, diese Stücke ungeprüften Lebens, die mich schauern machen. In einem Haufen Kartoffeln wühle ich, stampfe umher, gleite aus im Matsch, kann mich wieder erheben, es wird langweilig mit mir, die Finger werden steif, ich lasse Wasser darüber laufen, die Füße werden lahm, ich stecke sie in einen Kübel, ich massiere die Brust über meinem Herzen, das Asthma plagt mich, jegliche Bewegung steigert die Angst, wieder das Dumpfe hinter der Stirn, das langsam den Kopf bis hinter zum Nacken füllt, ich bin ratlos, die Beengung nimmt mir die Möglichkeit aufzubegehren, ganz ruhig bleibe ich, aber ich bin nicht geduldig genug, die verleugnete Unrast verschlimmert das Übel, ich liege auf dem Bett, reglos, die Arme wie nicht dazugehörig an der Seite, ich versuche, die Augen geschlossen zu halten, aber der Zwang bereits bedeutet eine Anstrengung zuviel, ich starre zur Decke, endlich senken sich die Lider, merklich, bis sie nur mehr einen Spalt freilassen, mein Atem wird gleichmäßiger, ich wage es, eine Hand vom Bettuch zu heben, es ist noch zu früh, ich schlafe nicht ein, eine Stunde später steige ich aus dem Bett, weiter zu machen, ich werde es schaffen, widerwärtig nur diese ständige Notwendigkeit, sich Mut zuzusprechen, doch ich bin überzeugt, es gibt bei angemessener Zucht einen Grad von Wahrscheinlichkeit, ein Stück vorenthaltener Erkenntnis zu erreichen, das wäre genug, nicht eine Ahnung meine ich, sondern ein paar Brösel womöglich nur, aber die tatsächlich fühlbar und zu sehen auf der Hand, es kann nicht tollkühn sein, dies zu vermuten, es ist nur eine Frage des Umgangs mit sich selbst. Aber noch sind da Reste von Wohlbefinden, die zur Seite locken, sich eindrängen im unbedachten Moment, auch noch sie verfügbar machen, das ist es, den Tod herbeiholen, aber noch leben, alles wie von später her sehen, leicht und klar stelle ich mir das vor, das Licht, von dem manche Leute beim Sterben geredet haben, es scheint dann über die Dinge, und man steht selbst hinter ihm, bei noch aufrechtem Körper, um zu betrachten, der Körper ist es, der Sorge bereitet, es gilt, ihn zu erhalten, ohne ihn zu pflegen, das wäre Ablenkung, das Unmögliche muß geleistet werden, den Körper stabil machen, indem man ihn verachtet, ich habe meinen Tisch erreicht, ich habe hinter mich gebracht, woran mancher geendet wäre, noch muß ich mir Lob zusprechen, es erhält mich gesund, ich kann wieder hineintauchen in alles, was mir gefällt, ich kann den Dreck über mich schütten lassen, ohne beschmutzt zu werden, ich werde das Geheimnis dieses Unrats zur Verfügung bekommen, es gibt nichts, was mich schrecken könnte, das Gesetz des Versagens ist nur die Zwängnis der Gewohnheit, ich demütige mich vor mir selbst, und ich werde mich selbst erhöhen.

„Lustig.
Heiter.
Der Markt belebt sich, meine Liebste kreischt vor Vergnügen, die Früchte liegen schwer auf der Hand, was will einer mehr, die Münzen scheppern in der Schale, darunter der Packen Scheine, ich spüre, wie ich ihn lüfte oder zusammendrücke, nehme ich die Schale heraus oder stelle ich sie zurück, die Hand federt mit, Wohligkeit überträgt sich in den Arm, läßt das Herz pochen, den Mund grinsen, förderliche Rede formuliert sich von allein, die Bewegungen werden schneller, gleiten, laden selbstsicher ein zum Kauf des Besten, Kleines, du mußt warten bis zum Mittag, das Geschäft geht vor, oder will einer aufhören zu überleben, ich lache, ich lache, aber sie merken es nicht, ich springe hoch an ihnen, sitze auf ihren Schultern zu flüstern, lasse mich fallen und gerate unter die Röcke, Frauen

kaufen Obst, sie tun, was ich will, schwer fällt es ihnen, am Karren vorbeizuschleichen, sie sind entzückt vom Anblick der gereiften Natur, als wäre sie ihnen zwischen den Schenkeln hervorgefallen, sie stellen sich hin, sie warten, bis sie an die Reihe kommen, sie können nicht widerstehen, ich verkaufe Gesundheit und Leben, die frische Ewigkeit, das Geheimnis von Werden und Vergehen, seines Rätsels Lösung, die Frucht, meine Kleine, mach dich sinnlich für mich, komm, ich laß dich teilhaben, ich spüre schon deine Zähne, bald gehen wir hinauf in den Speicher. Obst, Kindchen, Berge von Obst, möchtest du nicht dabei sein, wenn es gepflückt wird, das macht heiß, und die Abende sind laut, barfüßig stehst du da, ich habe dich erwischt, jetzt komm, du sollst deinen Spaß haben, aber noch arbeite ich für meine Liebste, sie ist die Made in meinen Äpfeln, die fühlt sich fett an, sie hat teil, nichts gibt es, was es sich wohler sein ließe im Obst, sie ist meine Verschwendung, sie ist die, die ich mir leiste, und Schwiegermutter knabbert zahnlos mit ihr, doch Scherz beiseite, zweiachtzig das Pfund, das ist der Preis, ich bin der Schaukeljunge vom Jahrmarkt, ich drehe mich mit auf der Scheibe, ich springe ab von der rasenden Gondel, ich bleibe gleichmütig und schön, ich schwinge dich auf meinen Armen, ich bin ein Traum, gruselig und herrlich, ich habe den Herrn hinterm Fenster im Visier, ich lebe in seinen Eingeweiden, es ist ihm nicht gelungen, mich wegzuschmeißen, er ist mein Schatz. Ich habe ihm Neues zu erzählen, denn was soll das, daß die Schwalben auf den Schneegittern der Dächer sitzen? Gibt es keine Mücken in der Luft über der Stadt? Fällt aus den Wolken kein Regen? Warum haben die anderen recht? Warum rufen die Kinder keinen Schabernack hinter mir her?

Wieso? Kommt keiner zu mir zum Stelldichein? Ist das tatsächlich nichts anderes als Bier, das ich trinke, unter der Kastanie, an dem grünen Tisch? Warum scharre ich im Kies? Ich reche die Stummel zusammen, ich koche sie weich, ich trage die braune Suppe zum Asyl, schöpfe die Näpfe meiner Freunde voll, fröhlich sind wir, die Trunkenheit schäumt die Kinder des Viertels herein, denen wir abgeben, bis sie sich freuen wie wir. Sie purzeln über unsere Schultern weg, wühlen in unseren Haaren, bohren in unseren Ohren, wir schütteln uns vor Lachen, während sie unter unsere Hemden kriechen, wir klopfen sie heraus, sie kullern zuhauf, krabbeln unter die Betten, drehen lange Nasen, blecken die Zähne, strecken die Zungen raus, zeigen uns ihre Hintern, patschen darauf, wir geben ihnen noch einmal zu kosten, nun lallen sie und üben Handstand, es gibt viel, was sie von uns lernen können, sie sind gelehrig, stellen die Stühle überm Tisch zu einem Turm zusammen, fallen herunter, geraten unter unsere Sohlen, wir heben sie vorsichtig auf, lassen sie im Kreis tanzen, dazu singen, wir haben uns auf die Türschwellen gehockt, um besser sehen zu können, klatschen in die Hände, wenn die Kleinen uns rühren, habt ihr noch Hunger, ihr Kinder? Eßt und vergnügt euch! Laßt es euch nicht verdrießen! Warum kotzt ihr? Werdet ihr wohl! Sie lecken den Boden wieder sauber, machen weiter, lauter nun, wie es sich gehört, üben Kniebeugen und Liegestützen, bauen mit ihren Körpern eine Pyramide, bleiben so, bis wir sie anstoßen. Als sie übereinander liegen, nehmen wir die Schneeschippe und tragen sie in die Ecke, doch kommen sie wieder vor, müde nun, verärgert, daß wir sie auslachen, sie stellen sich auf zum Bockspringen, werfen uns Blicke zu, während sie stolpern, wir uns die Bäuche halten, wir schenken ihnen den Rest aus, um sie bei Laune zu halten, doch ist nichts mehr los mit ihnen, sollen wir sie zurückschicken auf die Straße? Doch noch amüsieren uns ihre schmalen Glieder und die hellen Stimmen, wir treiben sie an zu dem Unfug, den wir einmal geliebt haben, reden ihnen zu, versetzen ihnen leichte Schläge, als sie nicht begreifen wollen, dann haben wir sie so weit, sie laufen uns auf den Händen zu, bitten um unsere Socken, sie waschen zu dürfen, sie können sich sicher fühlen unter uns, wir wehren Unbill ab, stemmen uns gegen die Tür, wenn die Mütter klopfen, nennen sie unsere Heinzelmännchen, stülpen ihnen die Mützen über, wenn sie größer werden, wollen wir ihnen neue kaufen, sie sind fleißig am Werk, einer von uns ist draußen auf den Straßen, frische Nahrung für sie zu suchen, können wir sie doch schwächlich nicht gebrauchen, die lieben Dinger machen uns nachdenken, doch unterdrücken wir ein Mitgefühl, das ihnen für ihren weiteren Weg nur schädlich werden könnte, wir puffen sie, bis sie Spaß daran kriegen, an unseren Ohren zu hängen, uns zu schmücken, dann nehmen wir die Kerzen in die Hand, entzünden sie, steigen hintereinander die Treppen hinauf und hinunter, während die Kinder an unseren Ohren baumeln, wir lassen sie, obwohl es schmerzt, bohren sie die Fingernägel zu fest in die Ohrläppchen, sie sind unser Stolz, aber warum singen nur wir, vorsichtig vor uns hintretend, keinen Zugwind zu erzeugen, der die Flammen löschen könnte? Endlich hocken sie wieder auf unseren Schultern, bis wir sie abklauben, zum Gemüse in den Topf werfen, sie gar zu machen, doch zu unserem Grauen müssen wir sie abseihen, weil ihre wurmähnlichen Formen Abscheu

erregen, wir klopfen sie aus dem Sieb zum Fenster hinaus, wo sie trocknen mögen, bis ihre Eltern bereit sein werden, sie abzuholen. Unser Fest geht weiter, die Kameraden ziehen ihre Trompeten heraus und blasen den Marsch, daß dem Heimvater die Ohren dröhnen, er hereinstürzt, uns zurechtzuweisen, wir kraulen ihm den Nacken, bis er es zufrieden ist, scharwenzeln um seine Hosenbeine, er fragt: Wo habt ihr die Kinder gelassen?
Wir haben dir die Mühe abgenommen, antworten wir. Du mußt nur mehr für uns sorgen."

„Der Herr findet keinen Gefallen an mir, also will ich schweigen. Ich ordne mich seinen Befehlen unter, damit fahre ich am besten, dann kann ich ihn zwacken, bis er Pillen schluckt, Euer Diener, mein Herr, schicken Sie Ihre Tochter zu mir, das Obst abzuholen, sie soll Ihnen Kompott kochen für den Stoffwechsel, ich rühr sie nicht an, ich verspreche es, Hauptsache, die Kasse stimmt, kennen Sie das erregende Gefühl, mit einem vollen Beutel nach Hause zu gehen und dann zu zählen? Sie schütten ihn aus über dem Tisch, und das Geld liegt da und wartet auf Ihre Finger. Dafür lohnt es sich, ich versprechs Ihnen, Geld ist der Samen, der das andere bringt, den läßt man nicht im Bordell, Neues, Frisches, alles, was wiederkehrt. Wissen Sie also, was Frauen am Geld so schön finden, es ist die Potenz, dies ist meine Potenz, Sir, das Geld füllt mir die Adern und meiner Liebsten den Bauch, aber Sie hören mir nicht zu, das ist nicht recht von Ihnen, ich werde Sie eines besseren belehren, der Tag ist schön, Sie sagen es selbst, ich habe noch mehr für Sie, ich biete an, Sie nehmen, was mir gefällt, ich bin frei für Sie, was mache ich neben dem Tor mit der Aufschrift? Ich sitze auf dem Pferd, es scharrt mit der rechten Vorderhand, die Kolonnen ziehen an mir vorbei zur Arbeit, sie singen, die Körper dieser Männer straffen sich, ich grüße die Wachen, zuvor habe ich die Meldung entgegengenommen, es gab weniger Ausfälle als die Nächte zuvor, den Zügel habe ich ums linke Handgelenk geschlungen, halte ihn gespannt, kontrolliere das Pferd mit kurzen Rukken, die Gesichter der Wachen sind jung, einfältig heben sie sich mir entgegn, die Gewehre hängen wie Attrappen an den Schultern, die Kolben ragen vor, sie stoßen mit den Schenkeln dagegen, sie richten sich auf, wenn sie an mir vorbeikommen, die Knie bleiben eingeknickt im Bauernschritt, man hat sie mir von weither geschickt, ich spucke auf ihre Mützen, sie wischen sie ab, schieben sie zurück übers Haar, prüfen den Sitz mit der Handkante, dann rutschen sie ihnen zurück übers Ohr, die Nacken sind ausrasiert, ich haue mit der Gerte darüber, sie verfallen in Trab, die Kolonne zwischen ihnen gerät in Bewegung, die Reihen verwirren sich, die Wachen treiben mit flachen Kolben an, die Holzschuhe, die zurückbleiben, lasse ich in einen Korb sammeln, ich stehe im Keller meines Hauses, auf den Regalen habe ich die Schuhe nach ihrem Zustand geordnet und mit Daten versehen, ich streiche über sie hin, zähle, jeden Tag beginne ich aufs neue, nur zu Anfang kam ich zum Ende, jetzt unterbreche ich beliebig, um am nächsten Abend von vorne an zu wiederholen, ich habe den Uniformrock oben über einen Bügel gehängt, einen einzigen Orden trage ich nur, bescheiden knie ich auf dem Ziegelsteinboden nieder, an ihm zu lekken, ich erhalte ihn rot, die Hände habe ich aufgestützt, nachher werde ich sie waschen, die Birne ist zu schwach, ich werde sie auswechseln, die Ril-

len zwischen den Steinen sind von reinem Grau, ich stemme mich weiter, meine Stirn berührt die unterste Treppenstufe, der Schauder der Demut ergreift mich, laß mich meinen Dienst verrichten, ich hebe den Kopf wieder, auf den Knien schiebe ich mich die Treppe hinauf, ohne die Hände zur Hilfe zu nehmen, sie zeigt noch keine Mulden als Ergebnis meiner täglichen Bemühung, ich werde das Zeugnis verwirklichen, das keiner ableugnen kann, der Schweiß rinnt vom Haar zum Rand des Unterhemds, beuge ich mich vor, spüre ich ihn über dem Rücken, vor der Tür stehe ich auf, wische die Stirn, meine Liebste knickt den Stummel im Aschenbecher, den ich halte, ich küsse sie in die Spalte zwischen den Brüsten, ich habe die Hose wieder angezogen, ich sitze am Ecktisch neben der Tür der Kneipe. Willst du keinen Schnaps dazu? fragt der Wirt.
Später. Ich schiebe die Lippen in den Schaum, der am Glasrand abschließt. Freunde, sage ich zu den zwei Männern, die mir gegenüber sitzen, stelle das Glas ab."

Er hat sich erlaubt, Erinnerungen herzustellen, ich werde mir das verbitten, es gibt nur den unveränderlichen Augenblick, warum also sollte ich ihn in meinem Gedächtnis aufsuchen, da er sich doch spürbar macht in jedem Atemzug, sein widerlicher Dunstkreis in meine Lungen gerät, um mich keuchen zu machen, er bereitet mir Schmerzen, also darf ich behaupten, noch vorhanden zu sein, ich nehme ihn in mich, um ihn wieder auszustoßen, aber es bleibt keine Wahl, ich hole ihn aufs neue herein, sein Geschmack hat sich nicht verändert, ich versuche meinen Stuhl zurechtzurücken, es muß im Koordinatenkreuz dieses Zimmers den best-

möglichen Platz für ihn geben, noch aber bin ich unruhig, es gelingt mir nicht, sitzenzubleiben, einfach auf diesem Stuhl sitzenzubleiben, ich laufe herum, ziehe ihn nach, probiere die neue Stelle aus, ohne Erfolg, aber das macht nichts, ich gehe in die Küche, um mir zwei Eier aufzuschlagen. „Was machst du da, mein Junge?"
„Ich will Ihnen über die Straße helfen", antwortet er.
„Ich habe nicht die Absicht, die Straße zu überqueren. Scher dich weg."
Er trägt mir den Teller mit den Eiern zum Tisch, bleibt daneben stehen. „Jetzt essen Sie erst mal, dann gehen wir raus."
„Ich kann das nicht vertragen, wenn mir einer beim Essen zuschaut."
„Dann gewöhnen Sie sich daran. Ich bleibe bei Ihnen, mich um Sie zu kümmern."
Ich antworte nicht, bringe die Eier zurück in die Küche. Der Junge folgt mir. „Ich bin wohlerzogen", sagt er. „Ich tue, was sich gehört. Sie sind alt, und ich werde Ihnen helfen."
„Verschwinde."
„Nicht doch." Er weicht meinem Schlag aus, kichert mir aus der dunklen Flurecke entgegen. Wir treten wieder in das Zimmer.
„Sehen Sie, so ist es besser."
Ich habe mich in einem der Sessel niedergelassen, schaue gegen das Fenster. „Da draußen ist Onkel", fährt er fort, „er hat mich zu Ihnen geschickt."
„Ich hätte es mir denken können."
Er springt auf mein Bett, um auf den Matratzen zu hüpfen.
„Unterlasse das."
Er stört sich nicht an meiner Meinung. Ich versuche, ihn nicht mehr zu bemerken, spüre, daß

meine Handflächen feucht werden, das Sirren in den Ohren einsetzt. „Es macht Spaß", behauptet er.
„Wenn Sie garstig sind, ziehe ich Sie an der Nase, und Sie werden mich doch nicht erwischen."
„Du bist ein Bankert."
„Warum nicht?"
Ich setze mich an den Tisch, nehme einen der Bleistifte in die Hand, schon hockt der Junge auf meinen Knien. „Ich möchte mit Ihnen spielen."
Wir nehmen ein Blatt Papier, um den Plan zu entwerfen, doch sind wir noch nicht am Ende, da reißt er es an sich, knüllt es, wirft es aber nicht weg, steckt es in die Hosentasche, läuft um den Tisch herum, daß er vor mir zu stehen kommt. „Wie siehst du überhaupt aus?" Er hat kurze Hosen an, weder Schuhe noch Strümpfe, ein verdrecktes Hemd mit abgeschnittenen Ärmeln, und Reste von Schokoladeneis oder Kakao um den Mund, ich habe ihn nach geläufigem Bild erfunden, das ist ärgerlich, ich vermute, er sollte mich aufheitern, nicht einmal die Sommersprossen fehlen, aber ich lasse mich nicht betrügen von mir selbst, was anderes hätte der Bengel zu bedeuten als den Zierfisch im Tümpel meiner Laune, ich weise das von mir, denn es gibt nichts Trostloseres als Kinder, die nur die Beharrlichkeit des Gestrigen in hübscher Art und mit kecker Miene zu bestätigen haben, diese ahnungslosen vorlauten Greise sind mir ein Greuel, und wie redet der einher: „Ich habe gedacht, Großväter erzählen Geschichten."
„Ich habe nichts mit dir zu tun."
„Und wenn das ein Irrtum ist?"
„Es gibt keine Geschichten. Bei einer Geschichte wäre das Ende etwas anderes als der Anfang, was willst du von mir?"

„Eine Geschichte."
„Ich sehe keinen Sinn darin, dich zu unterhalten. Ich bin auch nicht dein Lehrer, sondern möchte Ruhe haben, also gehe und grüß zu Hause." Aber er lacht mich aus, steht wieder auf meinem Bett und klatscht in die Hände.
„Komm sofort herunter." Kann ich mich denn nicht mehr wehren gegen Albernheiten, muß ich dulden, daß sie sich in meinem Zimmer herumtreiben, am Ende noch anfangen, mir ein Lied zu grölen, oder Schabernack, die Zunge herausstrecken, den Vogel zeigen, lustig finden, es sammelt sich Speichel in meinem Mund, den ich hinunterzuschlucken habe, es schüttelt mich, ich trete auf das Kind zu, lege ihm die Hand auf den Kopf: „Sei ein guter Junge." Er bewegt sich nicht, lächelt sogar fröhlich. „Lassen Sie mich tot sein."

Wahrscheinlich habe ich ihn gelangweilt wie er mich, der Junge ist nicht mehr da, ich lege mich nieder, um auszuruhn, es gibt zu viele Dinge, die mich anstrengen, aber es war nur eine Versuchung, ich hole den Jungen auf der Treppe ein, Hand in Hand gehen wir die Straße entlang. „Das ist ein Haus", sagt er.
„Ja, das ist ein Haus", antworte ich.
„Und das ein Hund."
„Ja, ein Hund."
„Kennst du noch mehr Dinge beim Namen?"
„Nenne sie mir." Aber er schweigt, so kehre ich nach Hause zurück, meine Tochter bringt mir einen Tee aus Kräutern ans Bett.
„Du mußt dich schonen", sagt sie.
„Ich bin dir nicht dankbar." Nur dies fällt mir ein als Entgegnung.
„Trink jetzt."

Ich bin gesund, habe mich erholt, stehe um fünf Uhr am Morgen auf, mich zu erproben, trete auf den Küchenbalkon, die Frische des Morgens ist gut zu spüren, es wachsen ein paar Kastanien in den Höfen des Häuserblocks, die Vögel sind am Werk, das ist alles, ich nehme einen Kiesel aus dem unbepflanzten Blumenkasten und lasse ihn hinunterfallen, wiederhole dies. Ohne Zweifel wird es sonnig und heiß werden, doch soll mir das keine Schwernis bereiten, ich liebe den Tag, ich habe gelernt, den Tag zu lieben, denn gibt es Schöneres als den jeweils neuen Tag, ein Gefühl der Freude stellt sich ein, ich habe es geschafft, es ist Tag, ein weiterer Tag, der auf mich wartet. Ich lasse mehrere Steinchen gleichzeitig aus der Hand, höre ihr Aufschlagen, empfinde Befriedigung, wieder in der Küche richte ich mir die Stullen, ich lege Wurst auf, streue Salz und Pfeffer darüber, welche Schönheit des Gedankens mag mich heute überraschen, ich lasse mich in die Erwartung fallen, während ich das Brot kaue, diese Tätigkeit duldet nicht die Abschweifung, hält mich zwischen den Wänden der elenden Küche, auf die ich gerne noch verzichten würde, doch brächte das Unordnung ins Zimmer, verunreinigte es unziemlich, so finde ich mich mit dieser Stätte der Bedürfnisse ab, wie ich auch gezwungen bin, das Bad zu benutzen, doch tue ichs nie am Morgen, ich reinige mein Gebiß abends, denn nach dem Aufstehen möchte ich mit banal Notwendigem nichts zu tun haben, ich muß mich frei von Eindrücken halten für den werdenden Tag, das habe ich vor langem gemerkt, eine Zahnbürste oder ein Waschlappen setzen Assoziationen in falsche Richtung in Gang, nur von der Scheibe Brot kann ich nicht absehen, mein Magen muß beschäftigt werden, mich die näch-

sten Stunden nicht zu belästigen, ich pflege mich so gut eben möglich und kann nicht abstreiten, Gefallen an mir zu finden, allerdings werde ich den Stolz sofort vergessen, falls mir noch einer begegnen sollte, dessen Rede oder Haltung zu widersprechen ich nicht mehr in der Lage wäre, aber noch bin ich allein, betrete mein Zimmer, habe das Hochgefühl, einen Mittag erwarten zu dürfen, ich habe mich erinnert, das hat mir nicht gut getan, ein Fehler, der mir bereits bekannt gewesen ist, dieser letzte soll mir als die entscheidende Lehre gelten, nun habe ich ausgeräumt und einen ordentlichen Tag vor mir, ich will ihn genießen, nur, daß meine Tochter noch in der Wohnung ist, irritiert die Laune. Sie hat ihr Feldbett in einem der Räume aufgeschlagen, ich habe nicht nachgeforscht in welchem, um bei der Hand zu sein, aber nun benötige ich sie nicht mehr, wahrscheinlich hat ihre Anwesenheit meine Krankheit nur hinausgezögert, indem Fürsorge mich bequem und hingebungsvoll gemacht hat, ich will es mir nicht angewöhnen, jemanden durch Klingeln oder Rufen herbeizuholen, damit er Dinge erledige, die ich ebenso selbst tun könnte, fast wäre ich verschlampt, darauf soll man achten, ist man erst älter geworden.
„Ich hätte dir doch das Frühstück gemacht."
„Ziehe dich lieber an." Ich setze mich an meinen Tisch, doch es ist mir unmöglich, Gedanken zu fassen, ich fange an, mit den Bleistiften zu spielen, ordne sie zu geometrischen Figuren, die ich sofort wieder zerstöre, um neue herzustellen. „So will ich jetzt nicht weiter fragen, was das sei, was man Tag nennt, sondern danach, was die Zeit sei, mit der wir den Sonnenumlauf messen." Ich bin müde, kaum daß ich aufgewacht bin, fange ich an, schlaff zu werden, ich entschuldige mich mit dem Rumo-

ren, das aus dem Bad bis zu mir dringt, es ist mir noch nicht gelungen, die vollkommene Einsamkeit herzustellen, die allein würdig wäre, ängstliche Unruhe hält mich davon ab, immer wieder sage ich, es könne mir nichts mehr zustoßen, aber es scheint mir an der Überzeugung zu fehlen, ich gestehe, ich habe mich bereits angefleht, inniglich zu mir gebetet, ohne daß es gefrommt hätte, der Zweifel ist nicht auszulöschen oder doch nur belanglos kurz, um mit einer Art Zittern wieder einzusetzen, das sanfter wird durch Gewöhnung, mir aber immer bekannt bleibt, habe ich keine Aussicht, muß ich mich verloren geben, darf ich nur frech mutmaßen, es würde schon gehen, mit der Zeit komme auch der Rat, aber ich bin wieder bei der Zeit angelangt, von der ich behaupten muß, sie stehe unbeschränkt für mich bereit, will ich nicht verzweifeln, und ich lasse es tatsächlich darauf ankommen, versuche, den Atem zu kontrollieren, gemach, ich habe eine Frist der Reife nur allzu nötig, ich habe vergessen, die Fingernägel rechtzeitig zu reinigen, nehme eine Büroklammer, weiß mir zu helfen, es ist nichts vorbei, während der beschämenden Tätigkeit erkenne ich das Haltbare eines Lebens, Schmutz gilt mir immer als Beweis, ich entferne ihn, wo ich ihn auch vorfinde, er verrät, daß manches sich bewegt hat, vielleicht habe ich nur über der Hose meine Schenkel gekratzt oder im Ohr gepult, unter die Achseln gelangt, egal, das Körpergefühl dünkt mich das Entscheidende, die Geräusche, die meine Tochter verursacht, gelten mir nun nicht mehr gleich unangenehm, ich schmunzle sogar über die Eitelkeit, es ist nicht nötig, einsam zu sein, ich lasse es sich nähren um mich einher, wie könnte ich zögern in meinem Glauben an mich. „Sicher ist dir der

Kaffee geraten", sage ich, als meine Tochter hereinkommt, und sie lächelt mich dankbar an, selbst bin ich perplex wegen des Lobes, eine Stimmung neuen Anfangs, ich nehme ihr die Tasse aus der Hand. „Du siehst sehr schön aus." Es ist zu merken, daß ich sie verwirre, so antwortet sie tatsächlich: „Geht es dir auch gut?"
„Aber das siehst du doch." Ich lasse mich gehen, schlürfe den heißen Kaffee, es ist ein Vergnügen. „Ich denke, du kannst dich ab heute wieder deiner Familie widmen."
„Braucht sie mich so nötig?"
„Ich hoffe doch."
Ich kann es ihr sagen, so oft ich will, sie legt das Brot nicht auf den Teller zurück, nachdem sie abgebissen hat, schon spüre ich wieder den Zorn hochsteigen, aber auch das ist ein Stück Lebendigkeit, es ist eine Schande, ich hänge an diesem meinem Leben, kann mich nur trösten: nicht um meinetwillen. Ich habe noch etwas vor, werde es erreichen, dazu will ich alles benutzen, was sich anbietet, mich selbst wie meine Tochter. „Also laß das", sage ich.
„Verzeih bitte."
Es ist mir niemals angenehm, einem Lebewesen beim Essen zuzusehen, das Schlingen der Hunde etwa stößt mich ab, es erinnert an eine Gier, die auch in uns wirksam ist, nur hat man mir beigebracht, sie zu zügeln, selten nur gestatte ich mir genüßliche Abweichung, wie eben mit dem Schlürfen des Kaffees, meine Tochter hat noch ungebändigt Kreatürliches an sich, das macht freilich ihren Reiz für mich aus, verbindet mich mit fremden Existenzformen, deren Kenntnis mir womöglich schon abhanden gekommen wäre, so dulde ich bei ihr manches, was ich rechtschaffen verbieten

müßte, aber wer kümmert sich denn um meine Ansicht, das betrübt mich nicht mehr weiter, mir genügt, für mich zu wissen, daß ich nicht falsch liege, häufig verberge ich bereits meine Meinung, im Stillen und unwidersprochen recht zu haben, koste das Gefühl der Überlegenheit aus, das mir guttut, mich weiterbringt, ich kontrolliere die Erfrischung am Rhythmus meines Atems, der ist das genaue Meßinstrument, das ich bei mir anlege, ich bin ruhig, ausgeglichen, ich betrachte meine Tochter immer aufs neue, sie bestätigt mir meine Wirkung, ich werde sie nicht aus meinem Griff lassen, mein Selbstbewußtsein litte darunter und würde, verelendet, die Arbeitskraft zerstören, ich bin hart zu mir, darf ich da nicht grausam zu meinen Nächsten sein, gleiches Maß scheint mir eine fürstliche Regel, deren Gültigkeit auch sonst im Alltag geprüft wird, nun blicke ich freundlich, meine Tochter hat sich eine Zigarette angezündet, ich rücke ihr den Aschenbecher zurecht, schweigend sitzen wir uns gegenüber, bis ich sage: „Ich habe zuviel nachgedacht. Das war alles."
„Gibt es denn etwas, was dich quält?"
„Nein, das ist es nicht. Der Blick zurück hindert mich nur am Nächstliegenden, verstört mich, der Mangel an Fortschritt wird spürbar."
„Du solltest dich schonen."
„Es wird nicht wieder vorkommen." Ich rätsele, ob sie begreift, was ich meine, doch habe ich keine Lust zu erläutern, sinke zurück, bin zufrieden, der Fehler scheint mir ausgebügelt, das Loch, in das ich zu fallen drohte, verstopft, ich bemerke ein Kribbeln im Nacken, sage: „Wir könnten ein wenig spazierengehen."
„Ist es nicht zu früh?"
„Ja, vielleicht. Aber trotzdem, schon der Einfall

hat mich erfreut, du weißt, daß ich Pflanzen nicht mag, sie welken mir zu schnell, schauen dann kümmerlich aus, aber, wenn du Lust hast, bring mir das nächste Mal Blumen mit." Was glotzt sie mich an, als wüßte sie, was in mir vorgeht, es ist unerträglich, sie suggeriert mir, ein Greis zu sein, ich stehe schnell auf, sehe, daß sie erschrickt, setze mich wieder hin. „Es ist schon gut", sage ich. Aber sie gibt keine Ruhe, möglich, daß mein Gesicht sich gerötet hat, sie eilt ins Bad, kommt mit dem angefeuchteten Handtuch zurück, ich wehre sie ab. „Laß das."
„Hast du mich erschreckt."
„Dann gib schon her." Und ich lehne mich zurück, falte das Handtuch über der Stirn, dann werfe ich es auf den Boden. „Ich halte die Bevormundung nicht mehr aus."
„Ich habe es gut gemeint."
„Ich weiß selber, wann ich krank bin und wann nicht."
Sie hebt das Handtuch auf, wickelt es um ihre linke Hand, während sie so dasteht. „Ich habe genug von dir."
„Geh doch, laß mich allein."
„Und was machst du dann?"
„Das wirst du ja sehen. Jetzt hol mir Tomaten von dem Karren da drüben. Ich habe Appetit auf Salat."
„Du brauchst nur zu befehlen."
„Ich bitte dich ja."

„Meine Liebste hat Titten aus Fleisch und Blut, an denen sauge ich, bis ich grunze und von ihr falle, dann tätschelt sie meinen Hintern, ich schlafe ein, um von ihr zu träumen, bis Schwiegermutter uns aus dem Bett jagt, wir unter den Tisch müssen, lustige Dinge zu tun. Schwiegermutter ist eine kluge Frau, die weiß, daß es viel Schönes gibt auf der Welt, sie zupft mich und sie zwackt mich, sie macht mich schier verrückt, und ich juchze und ich wälze mich, ich stehe auf dem Kopf, das mag sie so gern, und meine Liebste schüttelt sich vor Lachen, dann braten wir die Koteletts und sind immer noch fröhlich, trinken Bier, das tut gut, wir können es uns leisten, Schwiegermutter faßt an ihren Leib und rülpst, meine Liebste sticht ein Stück Fleisch auf und schiebt es mir in den Mund, es ist viel zu groß, ich habe Mühe, es zu schlingen, so heiter geht es zu bei uns, weil ich es nicht müde werde, hinter dem Karren zu stehen, wir sind eine Familie, wir kennen keine Geheimnisse voreinander, ich stelle Schwiegermutter auf den Marktplatz, damit alle sie sehen können, die Frau hat gelebt, die Frau lebt noch und meine Liebste und ich mit ihr, wir sind stolz auf sie, sie hört nicht hin auf das, was andere sagen, sie hat ihre eigene Meinung, die bringt sie mir unter dem Tisch bei, wenn wir zu dritt sind, nichts verschweigt sie, was sie weiß, setzt einen Hut auf und hängt sich eine Kette aus Perlen um, sie ist respektabel, keiner kann ihr was, sie geht einfach zwischendurch, sie hat gut gelernt, und meine Liebste ist herrlich wie sie, wenn meine Liebste sich setzt, habe ich schon die Hand auf dem Sitz, dann kreischt sie und langt mir zwischen die Beine, so geht es bei uns zu, immer fröhlich, wir lachen uns kaputt, aber keiner erfährt was davon, ich stehe da, verkaufe Obst und erinnere mich meiner Liebsten, die zu Hause nackt auf dem Laken liegt, weil es heiß ist, und sich nur langsam regt. Wenn ich heimkomme, hebt sie die Arme, rollt sich herum und wartet auf mich mit all ihrer weißen Haut und ihrem struppigen Haar, ich bin sicher, wenn das die Kundschaft wüßte, der Umsatz ginge zurück, jetzt aber kauft, Leute, damit ich meine Liebste salben kann, der Herr steht hinterm Fenster und ärgert sich, ich werfe ihm die Kußhändchen zu, ich könnte ihm in den Arsch kriechen vor lauter Freude, jeder soll heiter sein mit mir und mein Obst kaufen, saftige Birnen aus einheimischen Beständen, ich bin ein barmherziger Mensch, ich hocke auf dem Randstein und klaube dem Hund Flöhe ab."

Bist du da, meine Tochter, es ist gut, daß du da bist. Lege die Hand auf meine Stirn, bewege sie nicht, wie sie kühlt, deine Hand, es ist eine Schmach, des Trostes zu bedürfen, eine junge Frau legt die Hand auf meine Stirn, und es ist fast genug, um glücklich zu sein, das Gefühl ruhigen Weiterlebens regt sich, der Mund öffnet sich lasch, die Augen schließen sich, die Versuchung des Schlummers, deine Hand auf meiner Stirn, schenk mir die Engel der alten Meister, dieser unglaubwürdige Friede, der Betrug einer Hand, die gewohnt ist, Pfannenstiele zu halten, Fleisch zu wenden oder Suppen umzurühren, schon der Gedanke daran, denn ich weiß, daß sie nicht hier ist, nur greisenhaftes Gemurmel, das mich beschämt. „Was wollt ihr um mich herum, ihr Kinder?"
„Wir wollen dir eine Freude machen."
„Ihr seid viele."
„Wir sind alle gekommen."
„Aber ich verstehe euch nicht mehr, ich habe die Natur besiegt."
„Du kannst uns nicht ärgern, du siehst, wir sind eine Menge."
„Doch, ihr seid viel zu klein, um zu springen." Sie scheren sich einen Teufel um mich, sie klettern die

Tapete hoch, bilden Girlanden und fallen über mich her, sie jauchzen und wetzen ihre Haut an meinem Gesicht, sie trompeten mir in die Ohren, daß es mir zuviel wird, ich versuche, sie abzuschütteln, aber sie hängen fest und lachen, bis ichs ihnen gleich tue. „Ihr seid toll geworden", sage ich. Aber sie antworten kein verständliches Wort. Sie turnen weiter auf meinen Gliedmaßen, als wäre ich ihretwegen da. Sollen sie mir gefallen? Ich komme halb hoch, dann drücken sie mich zurück. „Ihr seid eine Last", sage ich, und sie zerren an mir mit patschigen Fingern, bis ich im Kreis stehe zwischen ihnen, sie halten sich an den Händen und hüpfen, ich verlerne, mein eigenes Wort zu verstehen, ich klatsche ihnen den Takt. „Du bist unser lieber Toter", rufen sie.

„Haltet den Mund", stammle ich.

„Wir sind deinetwegen gekommen", schreien sie alle zusammen. Aber ich habe genug davon, mich widert die Anmaßung an, ich dulde diese Scherze nicht, die sich mich verlieren lassen in alberner Bewegung. „Ich mag keine Kinder", sage ich. Sie hören mich nicht, sie springen weiter, nicht als Antwort strecken sie die Zungen heraus, auch nicht mich zu kränken, wetzen sie ihre Zeigefinger aneinander, sie zeigen Lust zu den Gebärden, ich habe nicht die Möglichkeit, mich mit ihnen zu verständigen, plötzlich lassen sie ihre Hände los, klammern sich an meine Beine, die Arme, fast komme ich zu Fall, ist es ein kalter Wind, der mit einem durchs Zimmer fährt, nichts da, aber mich fröstelt, obwohl die kleinen Körper mich wärmen müßten, nicht mehr lustig erscheinen sie mir, sondern frech und kalt in ihrer Nacktheit, unmanierlich in ihrem Mangel an Scham, den Rissen in der Wand entsprungen, fettes Geziefer, das ich tilgen sollte, wovon nur ein unerklärliches Mitleid mich abhält, als fühlte ich mit dem Zeug, das doch nur lästig ist, wie ich mir sage, und das noch viele meinesgleichen stören und beleidigen wird, ehe es sich aufeinanderstürzt, um sich gegenseitig umzubringen, als Schande gilt mir meine Liebe, eine vom Alter bedingte Schwäche, ich rede mir selber zu, es gilt, die Brut zu vernichten, ehe sie mir Schaden anrichtet, es gelingt mir, sie abzuschütteln, jetzt wälzt sie sich um mich herum, hat aufgehört mit dem Gelächter, heult und bettelt zu meinen Füßen, wenn es mir gelänge, sie zusammenzukehren, aber ich bin nicht wendig genug, der Rücken schmerzt, während ich mich hinbücke zu diesen Kindern, unversehens liege ich zwischen ihnen, kann nichts tun gegen ihre Liebkosungen, beantworte sie sogar, ausgeliefert meiner Freundlichkeit, beginne ich sie mit Inbrunst zu herzen, als könnte gerade ich noch etwas ändern an diesen Geschöpfen, sie zu Gebilden nach meinem Geschmack machen, die sich selber die Ehre erweisen, als würde meine Zuneigung sie befähigen können, Stolz in meinem Auge zu erregen, ich kann nicht abstreiten, daß ich sie lieblich finde wider besseres Wissen, ein neues Gezücht, das Dank meiner Großzügigkeit heranwachsen wird, wohingegen ich doch die Chance hätte in diesem Augenblick, es auszuschalten, wegzuräumen von der Bildfläche, auf der es bald den ekelerregenden Anblick des Allgemeinen bieten dürfte, aber noch halte ich die Kinderköpfe zwischen meinen Händen, sie zu küssen. „Singt mit mir", sage ich, und wir stehen wieder im Kreis, hocken uns hin und singen ein sanftes Lied, wie es mir gefällt. Es ist ihnen gelungen, mich zu rühren, ich werde sie in eine Reihe bringen, um sie abzufüttern, ich werde sie großziehen, bis sie kräftig genug sein werden, mich zu erwürgen, morgen vielleicht, falls sie ordentlich essen, am Abend jedoch werden sie sich bereits in die Fäustchen lachen ob meiner Dummheit, der Güte des einsamen Mannes, der nur sie hat zur Gesellschaft und für den fröhlichen Umtrieb, aber noch stehe ich davor, kann sie auf ihre Plätze weisen und einlullen, sie heimlich zur Seite bringen, ein Ende machen mit dem Spuk, die Aufzucht der Raubtiere verhindern, meinem Zimmer die Ruhe des Friedhofs schenken, warum nicht, wäre sie denn Schlimmeres als das Getöse, unter dem sich das Pack erst in die Erde zu bringen versucht, ich bin es leid, schon haben sie sich aneinander festgesaugt, sich das Blut zu entnehmen, ich kann sie nicht trennen, das Gesetz hat wieder gesiegt, zurück bleibe ich auf meinem Stuhl, dies zu konstatieren, ich bin müde, meine Hände sind lahm geworden, sie sind kaum zu gebrauchen, mir die Ohren zu schließen. „Meine Liebste", sagt er, „hat Augen aus Gold. Ich habe sie ihr ins Gesicht gesteckt. Manchmal nehme ich sie heraus, sie ihr zu zeigen. Das tut ihr nicht weh, doch gefällt sie mir dann nicht, so wiederhole ich das nicht oft, selten nur nehme ich die Augen mit in die Wirtschaft, sie herumzureichen, oder ich führe sie Schwiegermutter vor, sie zu versöhnen. Es macht nichts aus, was einer dazu meint, ich habe das Los gezogen, ich verprasse meinen Gewinn, und meine Liebste hat nichts dagegen, meine Lust zu sein, wenn sie sich hinkniet, den Hintern hochzurecken, bedeutet sie, wem sie gehört."

Ich überrasche mich beim Putzen meiner Schuhe. Es sind schwarze Schuhe aus glattem Oberleder und biegsamer Sohle. Ich verteile sorgfältig die Creme, das Leder ist noch ohne Narben oder

Sprünge an den beanspruchten Stellen, auch die Absätze sind gerade, wann habe ich sie zum letzten Mal getragen, und warum habe ich heute begonnen, sie zu reinigen, ein Zeitvertreib zunächst, gewiß, zudem schmeichelt das kaum durchschwitzte Futter der Haut meiner linken Hand, als hätte ich ihr Kostbares übergezogen, es ist aber nur ein Schuh, dem ich womöglich unnötigerweise zu mehr Glanz verhelfen möchte, aber das ist so mit den kleinen Verrichtungen im Haushalt, meine Tochter übernimmt sie in der Regel, nur manchmal ertappe ich mich bei solcher Tätigkeit, als könnte ich mich durch Abspülen oder Klinkenputzen meines Eigentums vergewissern, vielleicht ist es dringend, mit den kleinen Gegenständen, die einen umgeben, auf eine pflegende Weise zu verfahren, selbst wenn der praktische Nutzen nicht einsichtig wird, trotzdem sind mir Dinge unangenehm, sie vermitteln den Eindruck, es ginge nicht ohne sie, unverzichtbares Gerümpel überall, und ja, ich stehe in der Küche, in der einen Hand einen Schuh, in der anderen die Bürste, wohlig scheint mir zu sein, denn warum sollte jemand etwas pflegen, dessen er nicht bedarf, von dem er sich frei, unabhängig gemacht hat, ich poliere Schuhe, in die ich aller Voraussicht nach nicht mehr schlüpfen werde, denn wenn ich die Wohnung ein nächstes Mal verlassen sollte, würde ich die legeren dunkelbraunen bevorzugen, kräftiges Schuhwerk, mit dem weiter kein Staat zu machen wäre wie mit diesen hier, die ich gelegentlich wohl benutzt haben mag, das ist an den Sohlen zu sehen, aber es ist mir entfallen zu welchen Anlässen, sie erinnern an Theaterbesuch, Konzert oder Trauung, Veranstaltungen, mit denen ich nichts gemein haben mag, dennoch, es ist wahr, wieder bringt ein Gegenstand mich in

Verlegenheit, fördert Vergangenheit zutage, die ich längst gestrichen wähnte, wie hört sich das nur an: Ein Schuh in meiner Hand, es ist gräßlich, aber ich bin nicht trügerisch genug zu mir, ihn einfach beiseite zu stellen, die Erinnerung in den Kasten zu schließen, ich führe meine Arbeit zu Ende, ohne mich zu drücken, so bin ich es gewohnt, eine Überlebensregel, dazu Rechtschaffenheit, die mir schamhaftes Nachdenken über meine Qualität erspart, ich fühle mich in der Lage, im Gleichmaß weiterzumachen, freudlos vielleicht, mag das anderen erscheinen, mir reicht die Genugtuung aus, die ich empfinde, halte ich Ordnung bei mir, nur diese befähigt mich, überlegen zu bleiben, Schlamperei oder auch nur das Nachgeben zur Bequemlichkeit würde es mir unmöglich machen, das Einfache zu tun, das ich mir vorgenommen habe, den schlichten Satz für das beinahe nicht Vorhandene zu finden, um ihn weiterzugeben, zum Nutzen des Geringfügigen, das da ist. Dies ist das holde Vorrecht des Pensionärs, aber noch habe ich den Schuh über meiner Hand, als wäre er angeklebt, soll ich mich seiner doch mir nichts dir nichts entledigen, ich fände das nicht gehörig, ich habe einen Platz für ihn zu finden, wo er nicht mehr belästigt, er mir den Rest der Zeit nicht ins Auge fällt, es ist schwierig, sich die simplen Vorhaben zu überlegen, immer wieder verwirre ich mich dabei, vielleicht aber sollte ich mich gelegentlich aufmachen, diese Schuhe an meinen Füßen, um die Wohnung nebenan oder auch die andere einen Stock tiefer zu besuchen, es wäre nicht uninteressant, die Meinung einer Dame zu erfahren, die bereits weit über mein Alter hinaus ist, ich könnte versuchen, mich als einen auszugeben, der ihr genehm wäre, um Aufschlüsse zu erhalten, die mir fehlen, jetzt, da ich gesundheit-

lich wieder auf den Beinen bin, könnte ich es wagen, aber ich fürchte, ich würde Zeit verschwenden, sind alte Menschen doch nur selten ergiebig im Gespräch, besser ist es, die Schuhe zu verstauen, zu vergessen, daß es sie jemals gegeben hat, ich kehre in mein Zimmer zurück, es ist nichts vorher gewesen, ich habe den Augenblick wieder für mich, ich fühle mich entspannt, wohlig beinahe, ich schreite auf und ab, geräuschfrei, wie ich es gewohnt bin, bedingungslos gebe ich mich mir hin, es zählt nur die Arbeit, Zutaten sind ausgeschieden, ich atme auf, verspüre kaum den Druck in den Lungen, Freiheit, die ich meine, ich halte sie umschlossen, ein Mädchen wäre mir nun recht, die Erfrischung des Herrn, sie erhielte die Spannkraft von Muskeln und Gedanken, aber weg, ich gebrauche wieder das Wort Tugend, die Selbstbeschränkung des Einsichtigen und dennoch im Augenblick der Versuchung ausschweifen, sich und die Pflicht verlassen, sich vergessen für den Moment der schalen Wollust, der dahin ginge sodann ohne Ersprießlichkeit, wie so viele andere, versäumt, zunichte gemacht von einem zufälligen Bedürfnis. „Nein, mein Kind, behalten Sie die Kleidung an, ich möchte Sie auch in Ihrem Geschmack kennenlernen."
„Hallo."
„Sie haben Pluderhosen an aus durchsichtiger weißer Seide und tragen nichts darunter, ich bitte Sie, warum tun Sie das?"
„Für dich, mein Liebling."
„Ihr Jäckchen ist rot und golden bestickt, Sie haben es nicht geknöpft. Wenn Sie es auseinanderschlagen, sehe ich Ihre Brüste, auch sitzt der Bund Ihrer Hose so niedrig, daß der Nabel sichtbar ist, da haben Sie einen bunten Stein hineingeklemmt."

„Gefällt er dir nicht?"
„Ihre schwarzen Haare tragen Sie offen und lang, in der Mitte gescheitelt, das Gesicht haben Sie weiß gepudert, den Mund geschminkt und die Augenbrauen durch einen Strich ersetzt, aber warum gehen Sie barfuß?"
„Meine Füße sind klein und schön, die Nägel sind gepflegt."
„Setzen Sie sich, heben Sie einen Fuß, damit ich ihn küssen kann."
„Du willst nicht vor mir knien und deinen Rücken beugen?"
„Das nicht."
„Du bist stolz?"
„Ich verehre Ihren Anblick."
„Bewege dich um mich, mich zu sehen."
„Ich hätte nicht gedacht, daß es Sie gibt."
„Zier dich nicht."
„Möchten Sie das Jäckchen ausziehen?"
„Schenk mir dein Hemd, du bist nicht häßlich."
„Ich berühre Ihre Haut."
„Du siehst, ich bin für dich da."
„Darf ich zwischen deine Schenkel langen?"
„Warum fragen Sie?"
„Du bist wie mein Geschöpf."
„Sie tun mir nicht weh."
„Ich habe dich gemacht."
„Ich liege vor Ihnen."
„Steh auf und umarme mich."
„Du bist stark."
„Weil ich dich bewundere."
„Nun bin ich nackt."
„Drücke deinen Körper an den meinen."
„Ich darf dir nicht gehorchen, sonst werde ich dein Eigentum."
„Du bist es."

„Ich ekle mich nicht vor dir."
„Du bist meine zärtliche Figur."
„Was soll ich tun, dich zu erfreuen?"
„Bleib nahe und still."
„Du bist mein Vater und mein Geliebter."
„Du bist eine Nutte."
„Ich kann ja gehen."
„Nein, laß nur."
„Dann sag, was du willst."
„Ich möchte dich bewundern."
„Nur zu."
„Warum bist du käuflich?"
„Nur du kannst mich kaufen."
„Warum bist du herstellbar?'
„Nur von dir."
„Du bist voll Liebe."
„Ich kann mich um deinen Körper winden, als gehörte ich ihm an."
„Berühre meine Augen."
„Wir legen uns auf dein Bett."
„Du bist nicht schwer."
„Es ist gut, über dir zu sein."
„Fasse mein Haar und halte meinen Kopf fest."
„Ich werde dir helfen."
„Liege gerade, daß deine Beine auf den meinen sind."
„Wir wollen zusammen die Augen schließen."
„Merkst du mich?"
„Ich bin ein Mädchen."
„Ich habe viel an dich gedacht."
„Ich tröste dich."
„Ich bin nicht traurig."
„Du bist allein, und ich bin dazu da, dir Freude zu machen."
„Steh wieder auf, stelle dich neben das Bett."
„Es macht dich frei, mich zu sehen?"

„Ich lasse mich von dir nicht betrügen."
„Du zahlst."
„Ich zahle immer, sonst habe ich keinen Spaß."
„Dann stelle es dir vor."
„Ich könnte zu dir sagen, tanze."
„Ich würde es tun."
„Es wäre geschmacklos."
„Ich soll gehen?"
„Beuge dich über mich und berühe mich mit deiner Zunge."
„Es wird das letzte Mal sein."
„Ich weiß."
„Ich hole das Alter aus deinen Poren."
„Es ist genug."
„Du bist nicht höflich."
„Ich habe nicht so viel Zeit für dich."
„Du bist streng zu mir."
„Ich schaudere vor deinem Körper."
„Greife nochmals nach ihm."
„So ist es gut."
„Ich schenke dir Minuten."
„Kannst du wissen, ob ich sie gebrauchen werde?"
„Sie machen dich frisch für mich, für ein Mädchen."
„Ziehe dich an."
„Ich verstehe dich nicht."
„Du gefällst mir in deiner Tracht. Wegen deiner Tracht habe ich dich kommen lassen."
„So einer bist du."
„Ich bin nicht so einer. Zieh dich an."
„Ich kann machen mit dir, was ich will."
„Zieh die Hose an und die Jacke, jetzt tanze ... Es ist gut, daß du mir nicht widersprechen darfst."
„Ich mag dich nicht."
„Das macht nichts, und dann verschwinde."
„Ich kratze dir dein Gesicht auf."

„Ich werde mich trotzdem nicht an dich erinnern."
„Meine Füße beben, mein Leib biegt sich."
„Tu weiter."
„Mein Mund öffnet sich, und du siehst meine Scham durch den Stoff."
„Dreh dich."
„Ich gehöre dir."
„Es reicht."

Es ist nicht so, daß ich mein Glied in der Hand hätte, meine Geschlechtlichkeit ist mir zuwider, ich stehe am Fenster, habe beide Hände am Griff, mich zu halten, ich habe mich an meinen Körper gewöhnt, ich beachte ihn nicht mehr, doch es ist wahr, ich habe mit ihm zu tun, obwohl ich ihn vergessen habe.

„Den Deckel drauf, was kann mir das alles. Ich bin ein rechtschaffener Mann, auf der Straße grüßen mich die Spaziergänger, mein Haus ist bestellt, der Braten kommt auf den Tisch, Schwiegermutter hat ihn zubereitet, die blaugraue Schürze wird mein Ehrenkleid, die Stiche der Wespen sind meine Orden, und im Winter tropft meine Nase, Stiefel aus Leder und Filz zieren meine Füße, der Wind hat die Gewalt an der Straßenecke, aber es ist Sommer, der Morgen ist angenehm, in der Kühle noch habe ich die Kisten mit den Melonen, den Rettichen, den Tomaten und Weintrauben von der Markthalle geholt, ich stehe auf Posten, dies ist ein Tag wie jeder andere, er wird den Gewinn abwerfen, den ich geplant habe, ich kenne meine Kundschaft, weiß, wann ihre Augen zu leuchten beginnen, ich liebe meine Kundschaft, streichele ihre Hände immer wieder, tätschle ihre Wangen, ich werde belohnt für die Arbeit, meine Kundschaft hat Appetit auf die Dinge, die ich zu bieten habe, das wirkt sich aus, ich lebe in einer angenehmen Atmosphäre, ich bin wer, Schwiegermutter hat den Braten bereits serviert, ich bevorzuge ihn gespickt und mit Preiselbeeren und Kastanien, es geschieht alles nach meinem Willen, es ist heiß, meine Liebste hat die Bluse ausgezogen, hat den Halter noch um, Schwiegermutter sitzt im Unterrock, der verführerisch glänzt, es ist schön bei uns, wir sind eine Familie, und ich habe sie hergestellt, ich habe es geschafft, die Herren können mir gestohlen bleiben, ich habe meine Kleine wiedergetroffen, ich war mit ihr im Park, meiner Liebsten will ich es nicht verraten, aber ich halte mich bei Lust für sie, bevor ich am Abend mich anfülle mit Freuden, die nur meine Liebste bereit hält, wohlgepflegt wartet sie auf unsere Stunde, und ich komme heiter, spüre noch den Popo der Kleinen an den Handflächen und das Jucken nach dem Fleisch, das mir gehört, das ich mir verdient habe, das für mich bereit liegt. Oh, meine himmlische Kleine, ich liege mit dir zwischen den Büschen, ich biege dich zurecht nach meinem Geschmack, deine Beine umschließen mich und wollen mich nicht lassen, dein Kopf wühlt sich ins Gras, ich habe das Verlangen, deine Gurgel zu zerdrücken, die Sehnen deines Halses erregen meine Leidenschaft, ich schaue dir ins Gesicht, aber du siehst mich nicht, es müßte herrlich sein für dich, getötet zu werden im Augenblick deines Wahnsinns, ich würde dich liegenlassen, die Käfer würden über deine Augen kommen, die Ameisen deinen Leib bedecken, und du wärest noch selig, langsam würdest du zum Teil des Bodens, nur deine kindlich zarten Knochen blieben obenauf, jeder noch würde deine Schönheit erraten, du aber wüßtest nichts davon, daß dein Körper zerfallen ist, jedoch ich bin nicht gütig genug, dir die Freundschaft zu erweisen, dumm wäre es von mir, mich deiner Wonne wegen, das Erwachen dir zu ersparen, in Gefahr zu bringen, ich sitze mit Schwiegermutter und meiner Liebsten zu Tisch und futtere mich voll. Du ißt zuviel, sagt meine Liebste, und ich antworte: Ich muß mich bei Kräften halten. Meine Kleine grunzt und stöhnt, es ist eine Freude. Wenn wir fertig sind, werde ich ihr ein Pfund Pflaumen schenken, und bei jeder, in die sie beißt, wird sie sich meiner erinnern, die Sonne gelangt zwischen die Büsche, der Schweiß glänzt, um uns recht zu geben, bringt die Körper in eines, bis ich aufhöre, denn noch will ich mich schonen, kann es mir nicht erlauben, mich mit meiner Kleinen zu vergessen, wir reiben uns ab, und ist es nicht herrlich, ein Mann zu sein mit einem Schein in der Tasche, meine Daumen sind gerade, meine Ohren sind groß, die Haare auf meiner Brust ringeln sich durch den Ausschnitt des Hemdes, daß die Damen stehenbleiben vor meinem Karren, es sind gepflegte Damen, denn es ist eine gute Gegend, in der ich den Platz halte, sie schäkern mit mir, und ich lasse es mir gefallen, dann gehe ich zu meiner Liebsten nach Hause, Schwiegermutter sagt: Da hat meine Tochter einen ordentlichen Mann, und meine Liebste kichert, während sie sich den Halter zurechtzupft, das Messer in der Hand, gleich schneidet sie wieder ein Stück von dem Braten, den ich bezahlt habe, schiebt die Preiselbeeren darüber, und steckt es in den Mund, ich wische mir die Lippen, bevor ich von dem Bier trinke, denn ich will Schaum im Glas, wie es sich gehört, Schwiegermutter schenkt nach, ich gebe mich dem Wohlgefühl hin, ich habe meines geleistet, die Kleine wird wiederkommen, ich bin satt vom Vorhandensein, und ist das nicht wichtig, die Stunden zu nutzen, sich aufzupumpen mit Lust, ich habe den Trainingsanzug an, die Turnschuhe, ich drehe die Runden um den Block, spüre die Muskeln meiner Schenkel, merke, wie der Brustkorb sich weitet, nichts ist, nur das Erlebnis meines Körpers, niemand könnte mich aufhalten, fast sehe ich nicht mehr, nur die Strecke, die ich laufe, ein Schleier vor den Augen, der mich trennt, meine Gelenke zittern, das Sirren in den Ohren, ich stolpere über den Bauch meiner Liebsten, sie hat schon die Nägel in der Haut meines Rückens, nach der Liebkosung schiebe ich wieder den Karren zu seinem Standort, spanne die Plane darüber, ich bin mir gewiß, daß der nächste Abend schön werden wird wie der letzte, mein Verlangen ist groß, ich bin mit mir zufrieden."

Es bereitet mir inzwischen Vergnügen, ihm zuzuhören, es ist an der Zeit, daß ich mich an Larifari gewöhne, es kann nicht meine Absicht sein, mich zu verschließen, solange ich halte, was ich mir versprochen habe, es ist nicht möglich, Sieger zu bleiben, ohne zu kämpfen, und es ist gut, Sieger zu sein, nicht, daß ich dabei ein Gefühl der Überlegenheit empfände, das hielte ich für schäbig, allzu selbstverständlich ist es mir nur, zu übertreffen, der Platz an der Spitze wird auch zur Gewohnheit, man kann freilich darauf achten, daß er nicht langweilt, schon genügt es, manchmal nach unten oder nach hinten zu schauen, ein feierliches Gefühl stellt sich ein, es ist hart, recht zu haben, aber wogegen sollte man dieses Wissen tauschen mögen, in der Beschränkung bin ich zuhause, nein, nicht angestrengte Askese, der Rückzug auf dieses Zimmer etwa, der mehr eine Okkupation ist, hier habe ich zusammen, was ich brauche, um stark zu bleiben, nichts Unnützes irritiert mich, ich bin fähig geworden, standzuhalten, habe den geraden, nicht mehr abschweifenden Blick, meine Hände berühren nur, was ihnen ohne jeden Zweifel zu eigen ist, gelassen stehe ich am Fenster, vorbeiziehen zu lassen, was da mag, ich steige auf den Stuhl, obwohl dies in meinem Alter nicht ohne Gefahr ist, um Größe körperlich zu erleben, das gestattet mir, über mich zu lächeln, Freundlichkeit legt sich über mein Gesicht, Milde, wie sie wohl nur wenigen ansteht. „Meine Tochter", sage ich, „ich bedarf deiner nicht mehr, ich bin so weit, meinen Weg alleine zu gehen, mehr als dreißig Jahre hast du mich begleitet, jetzt ist es genug, ich danke dir. Du bist ein treues Kind gewesen. Es hat sich für mich als notwendig erwiesen, auf dich zu verzichten, ich müßte mich sonst verachten, denn bin ich nicht erwachsen genug, endlich für mich alleine zu sorgen? Du bist eine reizvolle Frau und solltest nun an dich denken, wie ich für mich beabsichtige, meinen Vorteil wahrzunehmen, jetzt ohne Hilfe, mit der Scharfsicht, die ich mir zum endlich unveräußerlichen Besitz gemacht habe." Ich bin vom Stuhl herunter, stehe herum, meine Tochter zu erwarten, es ist die Zeit, und sie wird pünktlich sein, wie ich es stets gefordert habe, es könnte aber sich ereignen, daß sie meine Gedanken erahnt, dann wartete ich umsonst, ich merke schon, wie dieser Einfall mich quält, es ist schwierig, erwachsen zu werden, ich will auch nicht, ein Leben ohne die Wärme familiärer Zuneigung wäre unerträglich, sie verbindet mich mit den übrigen Dingen, verscheucht das Gefühl der Nichtigkeit, das mich ab und an überwältigen will, stellt mich hin, ein Prellbock bin ich geradezu, es wird nichts geschehen, was ich nicht

dulde, wie angenehm, solcher Vorstellung nachzuhangen, aber ich reiße mich zusammen, dies war nur Spielerei, die Genauigkeit meines Ernstes bleibt für mich maßgebend, die Einsamkeit, die frei macht, hat man erst gelernt, nicht wider sie zu löken, es ist nur der Zwang, sich des Zwanges entledigen zu wollen, der in Fesseln schlägt, die sich während der Dauer der unsinnigen Empörung enger und enger um einen schlingen, bis man zu ersticken droht, darum, wie sagen Weise, nicht gefackelt, lieber die Komik des Anblicks bieten, als das Elend der Würdelosigkeit auf sich nehmen, das Zerstörerische alberner Bemühung, aber nun ja, noch benötige ich eine Wegstrecke Entwicklung, nur die Gewißheit des Zieles läßt mich hart bleiben. „Ich möchte endlich zufrieden gelassen werden." Ich habe dies kälter über die Zunge gebracht als beabsichtigt, meine Tochter bleibt, das Tablett mit dem Frühstück zwischen den Händen, auf der Türschwelle stehen. „Scher dich weg, ich habe genug von der Fürsorge." Sie kommt aber näher, stellt das Tablett vor mir ab. „Lieber Vater", sagt sie, „es hat keinen Zweck, mich zu beleidigen."
Ich schüttele sie ab, ich schlage nach ihr, ich zerre an ihren Haaren, was will sie? Verträumt schaut sie zu mir hoch, lächelnd wie eh und je, teilt die Semmel für mich, zupft sogar den Teig heraus, bevor sie die Butter darüber schmiert. „Was kann ich tun, dich loszuwerden?"
„Komm, iß." Nichts weiter sagt sie, ich merke, daß Tränen in meine Augen drängen, ich wende mich ab, frage: „Was hast du davon, mich nicht in Frieden zu lassen?"
Sie tritt hinter mich, umarmt mich, hält die Hände vor meiner Brust gefaltet, ich stehe reglos, aber ich sage: „Ich kann das nicht gebrauchen."

„Beruhige dich, es ist alles gut."
Warum will sie mich demütigen, gelte ich ihr als Spielball ihrer jungen Jahre? Ich greife nach ihren Händen, sie zu lösen. „Ich werde es schaffen", sage ich, „daß du mich verläßt."
„Nein." Aber sie läßt von mir ab, einen Augenblick nur, dann hält sie meinen Arm, als wollte sie mich führen.
„Bin ich blind?" frage ich, versuche die Hand wegzustreifen.
„Bitte rege dich nicht auf." Und ich setze mich hin, frühstücke, daß sie Muße hat, mich zu betrachten. „Ich habe dich lieb", redet sie daher, „was willst du dagegen tun? Es ist die frische Luft, die dir fehlt. Wir werden ein Stück zusammen gehen, damit du Farbe ins Gesicht bekommst, nicht zu weit, in die nächsten Anlagen eben, dort werden wir uns auf eine Bank in der Sonne setzen und uns unterhalten. Du wirst sehen, es wird dir bekommen. Dann kehren wir zurück und haben Hunger, unterwegs kaufen wir ein, was dir schmecken wird, du brauchst es mir nur zu sagen, und du wirst Hunger haben nach dem Spaziergang, du mußt mehr tun für dich, was hast du vom Herumsitzen, du wirst schwach, nichts bessert sich, du mußt dir erlauben, dich wieder an einer Kleinigkeit zu erfreuen." Sie ist eine Frau, ich habe es stets gewußt, sie ist da, mich zu kränken, sie gerät mir zwischen alles, daß ich zu stottern und zu stolpern anfange, was soll das, es wird mir gestattet bleiben, mich dieses Mitgefühls zu erwehren, ich habe nicht die Absicht, mich zu erniedrigen, für ein Wohlempfinden zu handeln oder mich treiben zu lassen, ich bin nicht dazu da, mich von einer Zärtlichkeit täuschen und hin und her schieben zu lassen zu meinem Besten, soll ich mich denn noch mehr verachten, als es mir

schon droht, nur weil ich der Bequemlichkeit, der Sanftmut nachgegeben habe, aber noch zögere ich, das Tablett gegen sie zu werfen, was mag das sein, habe ich etwa nicht im Sinn, sie zu verlieren, oder möchte ich nicht groß erscheinen, es ist außerordentlich schwierig, sich zurechtzufinden, und sie verwirrt mich noch mehr, würde ich mich anders verhalten, wäre sie nur irgendeine Frau, wie es sie zuhauf gibt, und nicht meine Tochter? Sie erträgt es nicht, daß ich schweige, und ich gebe zu, sie ist schön und sie ist geschmackvoll, nicht einmal in der üblichen Weise aufdringlich, hält einen sorgsamen Abstand, selbst wenn sie mich berührt, faßt sie nicht einfach zu, es ist ungewöhnlich schwierig, sich ihrer zu entledigen, würde ich mich auf sie stürzen, sie zu würgen, sie ließe es geschehen, wartete gelassen, bis ich erschlaffen würde, um mich dann zu pflegen. Diese Wesen geben Rätsel auf, ihre Hartnäckigkeit ist beschämend, immer sind sie irgendwo, plötzlich, nichts ahnend, gelangt wieder der Becher Kamillentee an die Lippen, oder sie kommen sogar unter deine Decke, weil sie vermuten, du könntest Trost gebrauchen, wie sehr ich sie verabscheue, aber sie sind zäh, sie machen dich zum Untertan ihrer Innigkeit, was soll das nutzen, kann man sich auch nur ein einziges Wort dafür kaufen, sie zerstören mit ihrer ärgerlichen Vorgabe die Strenge des Satzes, treten sie zwischendurch beiseite, merkst du, daß dir nichts geblieben ist, sie haben dich eingeweicht wie eine Scheibe Weißbrot für die Boulette, die sie zu essen begehren, aber ich kann nicht aufspringen, ihr dieses ins Gesicht schleudern, mein Mund ist trocken, wieso lassen sie mich nicht in Ruhe, gibt es denn nichts Unterhaltsameres als einen schon alten Mann? Aber ich lehne mich auf. „Du bist ein schmutziges Ding", sage ich,

„du bringst den Dreck von zu Hause mit in meine Wohnung. Du bist für mich nicht vorhanden, was unterscheidet dich von allen Figuren? Entweder lügen sie und ich mit ihnen, oder du versuchst mich zu betrügen. Es gibt nur jene Wahrscheinlichkeit, die ich kenne. Absichtsvoll gaukelst du vor, was dir genehm ist, aber ich falle nicht auf die Stufe deiner Läßlichkeit, gut, neige dich mir zu, wenn dies für dein Befinden von Belang sein sollte, wie könnte ich dich verschenken, ohne dir wehzutun." Sie hat schon die Schuhe gebracht, aber ich ziehe sie nicht über. „Ich möchte die anderen", sage ich, „ich habe sie geputzt." Und sie bringt sie heran, ich merke, daß ich zu keuchen beginne, ich kann mir diese Demut nicht gefallen lassen, ich bin nicht erfunden, zu erlauben, daß Lieblichkeit mich zerstört, durch das Fenster dringt die Stimme meines Freundes: „Ich gebe meiner Kleinen zwei Pfund Kohlrabi, dafür tut sie alles für mich."
„Was kann ich dir schenken?" frage ich meine Tochter.

„Ich springe, ich tanze, ich tolle umher, es ist Tag, ich habe wieder den Tag erreicht, ohne Hilfe und ohne Gebet. Sie eilen, es mir recht zu machen. Es sind alte Frauen dabei und Mädchen, und ihre Männer und Väter treiben sie an, mir die Haare zu kämmen, die Nägel zu reinigen, die Ohren auszuputzen, die Jüngste wischt mir den Arsch, meine Liebste jedoch steht auf dem Tisch, sich von uns begaffen zu lassen, sie sind dabei, mich schön zu machen für sie, meine Braut, nackend ist sie, aber noch trägt sie den geheimnisvollen Buschen, doch haben wir uns anderes ausgedacht, kommt ihr Kinder und Frauen, mich zu reinigen, heute wollen wir Schwiegermutter vertilgen, wir werden unseren Schweiß sammeln, sie darinnen zu sieden, sie hat genug Leben gekostet aus unseren Brüsten und Schwänzen, jetzt wollen wir sie schmecken, probieren, wie ihr alles bekommen ist, aber nur, da ist sie und schlägt mir eine um die Ohren, gehorsam krieche ich mit unter den Teppich, aber wenn ich wieder herauskomme mit ihr, dann schnappt ihr sie euch, um sie nicht mehr zu lassen, es macht noch Spaß mit Schwiegermutter, aber meine Liebste steht einsam auf dem Tisch und zupft ihre Härchen weg, soll es denn niemals anders werden, kommt meine Frauen, kommt meine Mädchen, wir wollen es treiben miteinander, bis es der Alten zuviel wird, sie nach euren Vätern und Männern faßt, bei denen es sich rührt unter den Hosen, alles soll erlaubt sein zum Jubiläum, muß ich denn kuschen, nur weil Schwiegermutter den Laden in Schwung gebracht hat vor 25 Jahren, sauft, bis ihr gegeneinander fallt, laßt es euch an nichts fehlen, meine Liebste ist das Zeichen meiner Firma, spring mir auf die Schultern, damit ich mit dir herumtrabe die nächsten zwei Jahrzehnte, ich verkünde, die Mühe hat sich gelohnt, seht sie an, ist sie nicht schön wie zu Beginn, weil ich die Plage ihr ferngehalten habe, sie ist befestigt in meinem Haar, es ist herrlich, besoffen zu sein, wer will widersprechen, dem haue ich eine, daß er brüllt, sich wälzen, Leute, das ist es, wir wagen es ohne Scham, wir liegen in den Lachen von Bier und Wein und im Gekotzten unserer Freunde, und da ist ein Herrgott über uns, der seine Freude hat an seiner Kreatur, wie sie zusammenschlüpft, um sich wieder zu trennen, jetzt bedecken sie den Boden meiner Wohnung, rühren noch einzelne ihrer Glieder und schnarchen und röcheln, Schwiegermutter ist unter ihnen, nur meine Liebste steht aufrecht auf meinen Schultern, ich merke, daß sie lächelt, so schleichen wir davon, Arm in Arm nun, so hüpfen wir die Straße entlang, daß die Leute sich wundern, eilen zu der Ecke, an der mein Stammplatz sich befindet, und veranstalten den einsamen Tanz zweier Liebender der Gosse, aber es ist keine Ruhe in diesem Fest, da wartet sie schon, uns anzusprechen."

„Was erlauben Sie sich mit meinem Vater?" fragt sie.
„Ich kenne ihn nicht", antwortet er.
„Sie haben mir nicht zu widersprechen." Doch zahlt sie ihn aus für die Gaben, die sie dann vor der Brust hält.

Ich habe Erfolg gehabt, es ist mir gelungen, meine Papiere zu ordnen, die Stimmen melden sich, Monika ist zurückgekommen, die Fliegen haben sich von den Fäden gelöst, freundlich surren sie um mein Ohr, Monika ist dabei, sie wieder einzufangen. „Warum helfen Sie mir nicht", fragt sie.
Ich versuche, Monikas Hände zu greifen. „Sie sollen leben."
Sie wird zornig, sie bäumt sich auf: „Ich habe ein Recht auf Sie." Ihr Wille verleiht ihr die Kraft, sich mir zu entwinden. „Nun sind ja Kinderglieder harmlos in ihrer Schwäche", sagt sie, „aber nicht so das Kinderherz. Ich selber sah einen eifersüchtigen Kleinen und machte eine Erfahrung an ihm. Noch konnte er nicht sprechen, aber bleich, mit bitterbösem Blick schaute er auf seinen Milchbruder." Ich knie vor ihr hin, und sie zögert nicht, mich zu segnen. „Mein armes Kind, nie wirst du meine Niedrigkeit erreichen. Wer sollte an dir seine Freude haben?" Sie hat die Plastiktüten ne-

ben der Tür abgestellt, geht hin, einen wollenen Schal herauszuziehen, den legt sie mir um den Hals, daß seine Enden bis zum Boden hinabhängen. „Jetzt wird es Ihnen besser ergehen." Gleichzeitig schlägt sie mir auf die Wange. „Und nun los, helfen Sie mir."
Es regnet, es ist kühler geworden, und die Fliegen sind langsam. Ich bleibe ungehorsam, ich werde Monika zwingen, mich zu bitten und mich zu lieben, ich habe mich hingestellt, den Schal um den Hals, und breite die Arme. „Sieh mich an, Monika", sage ich. „Ich bin stolz genug, dich küssen zu können." Aber sie hört nicht nach mir, eilt, sich an den wenigen Gegenständen stoßend, durchs Zimmer, hinter den Fliegen her, von denen sie mehr und mehr in einem Marmeladenglas sammelt. Verzückt hält sie es zwischendurch ans Ohr, dem Summen zu lauschen, aber es wird mir gelingen, ihre Aufmerksamkeit auf mich zu lenken, ich springe vor, gewalttätig nun, ihr das Glas zu entreißen, sie ist schneller als ich, sie lacht: „Bleib still, Kleiner." Während sie mir ausweicht noch, holt sie Fliegen ins Glas.
„Ich brauche dich", sage ich.
„Du hast nicht das Recht, dich mir zu nähern."
„Dann erzähl mir von dir."
„Es gibt nichts zu erzählen. Verlasse dieses Zimmer, trete auf die Straße, um das Rad mit den Tüten vor mir herzuschieben."
„Du Kröte."
„Du bist mein kleiner Engel, den ich von seiner Mühsal befreien werde."
„Ich will dir ein Bett richten in einem meiner Räume."
„Fang die Fliegen."
„Ich werde auch die Fliegen fangen."

„Dann tue es."
Ich schicke mich dazu an, erwische auch die erste, doch zerquetsche ich sie in der Hand. „Was kann ich damit anfangen?" fragt sie. Die nächste entkommt mir, während ich versuche, sie zu übergeben. „Du Trottel", sagt sie. „Wozu soll ich dich gebrauchen."
„Ich kaufe dir ein Bett mit weichen Matratzen, mit Daunendecke und weißen Bezügen." Ohne daß ich es bemerkt hätte, hat sie das Glas weggestellt, nun hockt sie auf dem Arm vor meiner Brust und versucht, mir den Schal als Strick um den Hals zu drehen. Wir fallen auf das Bett, der Geruch ihrer Kleider betäubt mich, aber als ich wach werde, hockt sie neben mir, betrachtet mich, hat meine Hand unter ihre Röcke gesteckt. „Nein", sage ich. „Du wirst es bereuen." Sie läßt die Hand nicht frei, bewegt sie nur nicht mehr. Ich krümme mich, beiße in ihren Arm, sie schreit, springt vom Bett, greift gleichzeitig nach dem Schal, zerrt mich mit einem Ruck über die Kante, zieht mich weiter hinter sich her, während ich versuche, die Schlinge zu lösen, sie hat das Gesicht zu mir, ich nehme die Anstrengung wahr, aber sie redet: „Ich habe dich, du Schwein. Du hast meinen Leib verunziert, mir die Ehre meiner Haare genommen, du wolltest mich in eines deiner Betten, um dich zu schmücken mit meinem zahnlosen Mund und mit meinen Fliegen. Was also habe ich mit Menschen zu schaffen, daß sie meine Bekenntnisse hören sollen, gleich als wären sie es, die mir von all meinen Schwachheiten helfen könnten, ein Geschlecht, gierig nach anderer Leben, aber unlustig, das eigene zu bessern." Sie läßt nicht etwa von mir, bespuckt mich sogar, während sie mich über den sich wellenden Teppich zieht. „Du merkst, ich bin stärker als ein

alter Mann, der sich den täglichen Wermut verbietet. Steh auf, komm mit mir, auch ich habe eine Matratze für dich, feiner als deine, und meine Engel sollen deine Wangen zieren im Schlaf." Sie öffnet das Glas, die Fliegen frei zu lassen, die sich in Schwärmen auf mein Gesicht senken, bis meine Augen verschlossen sind. Ich kann nicht vom Schal mit den Händen, will ich nicht ersticken, ich höre mich schreien, die Fliegen geraten in meinen Mund, sie verstopfen die Nasenlöcher, die Ohren. „Monika!" Sie kümmert sich nicht um meine Not, schleppt mich weiter, die Fliegen machen es mir unmöglich, sie zu sehen oder zu hören, ich merke nur, daß sie mich bereits über die Türschwelle gebracht hat, ich finde mich ab, lasse die Hände vom Schal, nach einer Weile beginne ich wieder zu sehen, zu hören, ich spucke die Kadaver der Fliegen aus, würge noch, während ich Monika bemerke, die auf meinem Stuhl sitzt, den Rest der Fliegen schon wieder zur Kette reiht, sie sagt: „Es hat mir gefallen bei dir, vielleicht komme ich wieder." Ich binde den Schal ab. „Wohin soll ich ihn geben?"
„Lege ihn über meine Knie."
Vorsichtig nähere ich mich ihr. „Es ist dir gelungen, die Fliegen ohne meine Hilfe einzufangen."
„Es gehört nur ein wenig Übung dazu. Willst du sie nun haben?"
Ich beuge mich vor, die Kette um meinen Hals hängen zu lassen.
„Ich werde sie bei Gelegenheit wieder abholen. Es mag sein, daß ich sie noch brauchen werde."
„Ich winde sie um einen Haken in der Wand, wenn ich sie sehe, werde ich mich deiner erinnern."
„Willst du dann abermals niederknien, dich vor mir zu demütigen?"

„Ich werde mir meines Versagens bewußt bleiben."
„Du bist ein Feigling."
„Ich hätte es nicht gedacht."
„Zeig mir den Platz an der Wand."
„Hier, meinem Tisch gegenüber."
„Jetzt entkleide mich."
„Nein."
„Du wirst mir die Kette zurückgeben müssen."
„Ich habe mit dir gespielt", sage ich.
Sie versucht, den Schal noch einmal um mich zu schlingen, doch wehre ich ab. „Du bist ein Geschöpf", flüstere ich ihr zu, während ich sie schon umarme, „was willst du allein?"
„Back mir ein Schnitzel."
„Das darfst du für mich tun. Es wird mir schmekken." Wieder bin ich der Sieger geblieben. Ich setze mich nieder, um abzuwarten, es ist an der Zeit, Kontrolle zu üben, Hingabe ist mit Peinlichkeit verbunden, die es zu meiden gilt, ich widere mich an, es dämmert, aber ich habe kein Licht angezündet, ich werde es aushalten, im Dunklen sitzen, ohne gerührt zu werden, ich schließe die Augen, bleibe still, als schmerzten sie mich, meine Hände umklammern die Tischkante, die Arme gestreckt, ich bemerke das allmähliche Verkrampfen der Muskeln, ändere die Haltung doch nicht, der sich steigernde Schmerz bringt ein Körpergefühl, das ich benötige, bereits spüre ich das Zucken um die Augen, ausgreifend über die Wangen, dies einige Minuten zu genießen, ist mir vergönnt, dann lehne ich mich zurück, öffne die Augen wieder, verschränke die Arme, wäre es womöglich soweit, alles beenden zu sollen, ich lache, lautlos zwar, aber mit geöffnetem Mund, mein Leib bebt, daß ich nahe ans Erbrechen gerate, ich halte ihn mit beiden

Händen zusammen, einem Kind gleich, und fühle ich mich etwa nicht als solches, in meiner Irritierbarkeit, in den Vorlieben, die ich bis zum Herzerweichen empfinde, in der Unsicherheit der Schritte, immer wieder beschämt durch die Neugierde des Auges, das nicht erreichen mag, den Blick zu lassen, wie es sich geziemte, auch horche ich nach Geräuschen, die von Stimmen verursacht werden, als könnte Ausdauer noch nutzen, mich weiterbefördern zur nächsten Mahlzeit undsoweiter, zu einem einsehbaren Ende gar, das Lachen hat sich ins Freundliche gemäßigt, die Lippen berühren sich leicht, ein Zittern freilich ist geblieben, ein fröhliches Vibrieren, das noch das Kinn einschließt. Es ist angenehm, herrisch zu sein, gelassen im Abend zu sitzen, seiner selbst mächtig, an einem Tisch, auf dem Papier liegt, ich knipse die Lampe an, ich habe heute genug für mich getan, ertappe mich dabei, daß ich mir die Hände reibe, wie das, wo habe ich die Unart gelernt, Schluß mit den Genüßlichkeiten, ich schicke mich an, mit den Leuten zu reden, so wie sie daherkommen, ich bin nicht schwächlich genug, einen ausschließen zu müssen, ich stehe da, was wollen jene noch von mir, die ich kenne, und können sie mir etwas anhaben?

Die Augenblicke mehren sich, in denen ich mich genötigt sehe, mich selbst zur Ordnung zu rufen, gelingt es mir nicht, den Stand der Anfälligkeit unter Kontrolle zu halten, wären die Folgen absehbar und leider beängstigend, die Möglichkeit, ein Resultat zu erreichen, müßte abgeschrieben werden, es gilt, die körperlichen Funktionen vollzugsfähig zu halten, ich strecke die Arme, winkle sie an, bewege sie nach der Seite, lege sie an den

Körper und hebe sie wieder, ich bin gesünder
als die Menschen, die ich kenne, ich bin ihnen an
Entschiedenheit überlegen, sie können mir nicht
antworten, es sei denn, ich begäbe mich zu ihnen,
legte ihnen die Rede in den Mund, es ist gut, davon Kenntnis zu haben, die Zusammenbrüche werden reparabel, es erniedrigt mich keiner ohne meinen Willen, ich könnte zitieren, ich erhöhe mich,
indem ich mich erniedrige, Sparringspartner haben
sich erübrigt, wenn sie mich dennoch heimsuchen,
beziehen sie die bloße Stärke, die mein Selbstzweifel ihnen zubilligt, ihn aber pflege ich zu meiner Gesundheit, denn es bleibt von Entscheidung,
sich selbst bis über die Grenze der Gefährdung
hinaus in Frage zu stellen, dies regt an, belebt das
Lächeln in den Mundwinkeln, setzt Mutwillen in
Bewegung, der weiterhilft. Wieder die Kniebeugen mit den Händen am Fensterbrett. Nein, ich
bestreite es nicht vor mir, daß diese Übungen bereits mich beschämen, es täte wohl, weniger nötig
zu haben, aber noch immer bleibt mir die Möglichkeit, mir zu danken für die Stabilität der Gesundheit und die Waghalsigkeit der Verachtung,
die ich aufbringe beim Bedenken der Albernheit
meiner Person, nur spüre ich allmählich die Einsamkeit schmerzhafter. Es wäre nützlich, sich kleinen Verrichtungen hinzugeben, die Zeit beanspruchen, aber wenig Aufwand an Kenntnis oder
Willen, bei gleichmäßiger Tätigkeit bliebe der
Kopf frei, der Blutdruck sänke nicht bis zur Erschlaffung des Gehirns, ich könnte, wie ich früher
gelegentlich getan habe, Geschirr beschmutzen, um
es wieder zu spülen, empfehlenswert wäre auch,
den Teppich noch einmal zu reinigen, empfinde
ich es doch als unangenehm, Staub oder Straßenschmutz unter den Füßen zu wissen, die zudem

der Luft im Zimmer einen dumpfen Geruch bringen, der mir das Atmen weiter erschwert, mich auch nach Öffnen des Fensters an Familienstuben erinnert, durch die von herumtollenden Kindern ständig der Unrat gewirbelt wird, fast schon empfinde ich den Lärm mit bei der Art Vorstellung, es tut weh, den unabänderlichen Fortgang von Geschichte mit allen Sinnen wahrzunehmen, obwohl ich gestehe, daß ich dabei gelegentlich ein Schmunzeln nicht zurückhalten kann, es ist die Einfalt, die eigene und die der anderen, die amüsiert, bereits stellt sich ein Gefühl der Gelöstheit ein, ich bewege mich wiegenden Schritts über den Flur, einem jungen Mann gleich, der sein Mädchen erwartet, an der Wohnungstür mache ich kehrt, merke, daß ich sogar den Kopf schwenke, es macht Lust, zu behaupten, man wisse Bescheid, eine Weile will ich es dabei belassen, die Erfrischung auskosten, könnte ich nicht vielleicht radschlagen den Gang entlang, zumute wäre mir danach, so erlaube ich mir zumindest, mir dies einzubilden, ein gleichmäßiger Rhythmus beim Wechsel von den Füßen zu den Händen und weiter, nichts, als die Gewißheit des eigenen Körpers, die Erfahrung, unsinnig lebendig zu sein, ist Übermut gestattet? Ich bestätige mich selbst, köstlich, Widersprüche aufzulösen in einem munteren Körpergefühl, ich reibe mir nun willentlich die Hände, herrlich, ordinär zu sein, ich zwinkere vor dem Spiegel im Bad, gibt es Vergleichbares? Bald werde ich zur Flasche Schnaps greifen, es ist, als prickelte der Alkohol schon hinter meinen Schläfen, einfach sich in den Sessel fallen lassen, die Flasche am Hals halten und ab und zu einen Schluck nehmen, ein Landherr, der verstaubt von seinem Ausritt nach Hause gekommen ist oder ein Krimineller nach dem gelungenen

Einbruch, die nervliche Erschöpfung beim Anblick der ererbten oder eben erst erworbenen Güter, einem Pensionär wird eben die Zeit geschenkt, sich auszudenken, was behagen mag. Ich gedenke dieser Möglichkeit, während ich bereits in der Küche stehe, den Herd zu polieren, auch die Ahnung von Speiseresten läßt mich erschauern, ich führe die Arbeit zuende, dann hole ich tatsächlich die Flasche aus dem Kühlschrank und begebe mich zurück in das Zimmer, lasse mich allerdings nicht in der vorgemeinten Weise nieder, sondern habe ein Glas mitgebracht, in das ich den Schnaps ordentlich eingieße, um die Flasche dann, das Etikett weggedreht, auf den Tisch zu stellen, zwei, drei volle Gläser will ich mir gestatten, obwohl ich die Folgen fürchte, unterstütze ich auf diese alltägliche Weise meine augenblickliche Vergnüglichkeit. Werde ich mich dem notwendig nachkommenden Zusammenbruch gewachsen erweisen? Erfrischt müßte ich ihn hinter mir lassen, freudig mich genießend, ich mache weiter, was könnte mich aufhalten, nur die Besuche meiner Tochter zwängen mich, eine gewisse Freundlichkeit beizubehalten, die ich abwerfen möchte, ist sie doch das Beispiel fremden Einflusses, eine Verstörung, die unsicher macht, die die Wahrscheinlichkeit andeutet, noch immer zu irren, das Maß Konzentration nie zu erreichen, nein, ich stehe nicht auf, ich trete nicht ans Fenster, dem Schwachsinn eines Obsthändlers zu lauschen, seine Gestik zu beobachten oder was immer, ich sitze auf meinem Stuhl, so aufrecht, wie es sich gehört, bis ich mich erhebe, um hinter mich zu bringen, was ich schon lange plane.

Meine Aufmerksamkeit, mein Gedächtnis haben mich noch nicht verlassen. Ich habe mich zurückbegeben auf meinen Stuhl, Wort für Wort rekapituliert, wem stünde es an, mich anzuklagen, ich könnte sagen, es sei nichts passiert, aber ich verlasse meinen Standpunkt nicht wegen eines läppischen Zwischenfalls, um mich zu entschuldigen, ich habe die Treue zu mir selbst gebrochen, es war der zweite Anfall von Erinnerungsseligkeit innerhalb einer überschaubaren Zeit, die ich zu einem Augenblick des Erlebens zusammenziehen könnte, ich habe versagt, ich habe zugelassen, daß die Strenge meiner täglichen Bemühung, neuen Raum zu fassen, wirksame Erkenntnis zu erlangen, sich aufgeweicht hat, im rührenden Versuch, Vergangenes innerhalb der erotischen Szene mit einem alten Weib wieder zu erstellen, ich streite nichts ab, in seniler Leidenschaft bin ich unterlegen, habe den Gedanken und damit die Würde vergessen, habe mich verraten, mich offengelegt, habe Einblick gewährt, mir ist übel, aber vielleicht, es wäre angebracht, dies zu überlegen, hat sich der Zwischenfall überhaupt nicht ereignet, nur meine überreizte Ungeduld innerhalb des schöpferischen Prozesses, dem ich unterliege, gaukelt ihn mir vor, denn warum sollte nicht alles anders gewesen sein, möchte ich es doch unmöglich nennen, daß gerade ich in der Schmach stünde, mich einer Dame des Verflossenen hinzugeben, auszuliefern sogar, bis zum Ende ihres angeschimmelten Triumphes, dem Aufguß vertrockneten Siegerwillens, nein, ich habe vergessen, oder, falls ich nicht vergessen haben sollte, erinnere ich mich doch an nichts, widerlich dieser Einfall, aufzuwühlen, es schüttelt mich, ich stehe auf, ich halte mich, ohne zu schwanken, es ist nichts gewesen, ich schreite zur Tat, ich bin willens, endgültig zu erlöschen, mit mir stürbe die mögliche Vergangenheit, aber das weitere Werden läge in den Händen meiner Nachkommen, genug, übergenug, ich kehre zu meinen gymnastischen Übungen zurück, es erscheint mir nicht lächerlich, ein Bein zu heben und zu strecken, die Muskeln des andern zu erproben, noch stehe ich fast schwindelfrei, nur ein mäßiges Zittern, der Körper gehorcht, das Selbstbewußtsein ist ein Körpergefühl, von dieser Anschauung will ich nicht lassen, ich bin, was kann mir geschehen, solange ich den Körper unter der Voraussicht habe, ich beuge mich vor, fast berühre ich noch den Boden mit den Fingerspitzen, der Rücken schmerzt etwas, aber ich habe mich gut gehalten, die stetige Übung macht sich bemerkbar, eine angenehme Empfindung durchzieht mich, rieselt durch die Adern, der Kopf füllt sich mit Blut, ein Lächeln gelingt mir, während ich mich aufrichte, wo ist das Bedrohliche geblieben, Selbstgewißheit, ich bin imstande, über mich selbst zu verfügen, es wird Zeit für das Abendessen, die Küche ist aufgeräumt, ich betrete sie mit Wohlbehagen, aber dennoch möchte ich zu großen Umstand vermeiden, beim Schneiden des Specks bemerke ich, daß ich eine allbekannte Melodie summe, sieh an, es stört mich nicht mehr, ich habe mich wieder hergestellt, die Sache ist durchgestanden, ich habe vergessen, was mich an ihr interessieren konnte, ruhig glasiere ich die Zwiebeln, keine ruckartige Bewegung verrät die hinter mir liegende Anspannung, ich schlage die Eier in die Pfanne, würze kräftig, in der mir genehmen Konsistenz bringe ich sie auf den Teller, mit einer Scheibe Schwarzbrot trage ich ihn ins Zimmer, die Gabel habe ich vergessen, muß noch einmal zurück, dies nur verrät eine kaum beachtenswerte

Verwirrung, ich esse mit Appetit, spüle dann sofort, in der Küche aber noch der Geruch, der sich in der Wohnung verbreitet, obwohl ich die Balkontür geöffnet habe, ich trete hinaus, lehne über dem Geländer, die Höfe dünken mich stiller als gewöhnlich, die Kinder wurden bereits nach Hause gerufen, ich richte mich auf, die Mauersegler zu beobachten, die wenigen Tauben, was gibt es zu beanstanden, ich mag es zufrieden sein, rülpse genüßlich, das schreckt mich auf, ich will es nicht zu weit treiben in meinem Behagen, ich verlasse die Abendstimmung, in meinem Zimmer bin ich wieder der alte, als wäre nichts gewesen, die Ausschweifung ist vergeben, ich gönne mir sogar ein wenig Gemütlichkeit, lasse mich in dem Sessel nieder, um nachzusinnen.

„Die Kleine macht mir Laune. Sie steht unter dem Vorsprung des Erkers, der sie vorm Regen schützt, und wartet. Soll ich wieder mit ihr auf den Speicher, mich im Staub zu wälzen? Doch bin auch ich zu Besserem geboren, ich werde versuchen müssen, ihr die Kenntnisnahme einzubleuen. Meine Liebste streckt sich auf dem Pfuhl, den ich zu unserer Bequemlichkeit gerichtet habe, aus jeder ihrer Poren sickert die Erwartung, weiß und glatt glänzt sie, mich zu locken, gereinigt, manierlich wie es sich ziemt, die Haare unter den Achseln und an den Beinen hat sie entfernt, herrlich ist sie anzuschauen, und die Göre steht geil auf der Straße, mit verregneter Frisur, tritt von einem Fuß auf den anderen, setzt sie zwischendurch sogar übereinander, beschmutzt dabei ihre Schuhe, die Tasche mit dem Obst, das sie bei mir gekauft hat, lehnt gegen die bepißte Hauswand, ich mache das nicht mit, schreie sie zwischen den Kunden durch an, sie erschrickt, ich merke, daß sie zittert, das Gesicht verzerrt sich mit offenem Mund, aber sie bewegt sich nicht weg, ihre Augen bleiben auf mich gerichtet, noch kleiner erscheint sie nun, die Hände hat sie vor dem Mantel gefaltet, daß sie eindrücken, ich gehe hin zu ihr, schon hole ich aus, ihr eine runterzuhauen, doch erinnere ich mich rechtzeitig der Kundschaft, die herstarrt zu uns, auch näher rückt, ich werfe noch einen Blick, dann springe ich wieder hinter den Karren, ich kann die Trauben empfehlen, sechs Mark zwanzig, ist es recht so, ich bebe vor Wut, das armselige Kind ist zum Verrücktwerden, ich sollte es unter das Pflaster stampfen, ein für alle Mal, dann ergreift mich wieder Erbarmen, Begehrlichkeit schüttelt mich, dieses Elend kneten, pressen, umschlingen, dieses Stück Schmutz, der Gestank der Notdurft dringt bis zu mir, aber die Kundschaft merkt nichts, lächelnd tue ich meine Pflicht, ich werde dieses Mädchen heute schlagen, zerbrechen will ich es, bis unter mich erniedrigen, und dann lachend über den Resten stehen, diese Kreatur, ich werde es ihr zeigen, heulen wird sie vor Lust, anflehen wird sie mich um mehr, aufgeladen mit Herrlichkeit will ich zu meiner Liebsten zurückkommen, um Freude zu bereiten, Schwiegermutter wird staunen, das hat sie nicht vermutet beim Mann ihrer Tochter, Brunst, die verschlingen will, spring auf, schlag zu und laß es dir wohl ergehen, es ist der Augenblick der Hunde, die das Wild reißen, ich halte nicht ein, er soll nicht enden, ich krieg die Kleine heute dran, an ihren Haaren werde ich sie hochzerren und wieder fallenlassen, meine Dame, darf es ein wenig mehr sein, sieben Mark achtzig, ich brauche Ihr Geld, ich brauche mehr Geld, ich werde Tag und Nacht an dieser Ecke bleiben, aber erst mache ich Pause, mich zu erfrischen, ich ziehe die Plane über das fein geschichtete Obst, ich wickle eine Strippe darum, ich bin schon bei der Kleinen, wir eilen weg zwischen den Verdutzten."

„Können Sie mal aus dem Zimmer verschwinden?" fragt er mich. Ich bin aber kräftig genug, einem Händler zu antworten: „Sie haben hier nichts zu bestimmen."
„Meinen Sie." Ohne Umstände zu machen, drückt er mich in den Sessel. „Dann bleiben Sie eben, schauen Sie zur Wand."
„Ich werde in meiner Wohnung nicht zulassen, was Sie mit dem Mädchen vorhaben."
„Es bleibt mir nicht Zeit genug zu streiten, die Kunden warten."
Er zerrt sein Hemd aus der Hose, kehrt sich dem Mädchen zu.
„Mach schon."
Ja, es ist ein zartes, ein liebliches Mädchen, reizvoll die ordinäre Besinnungslosigkeit im Ausdruck des blassen Gesichtes, ich will zu ihm hin, doch sehe ich ein, daß nichts zu helfen ist, es gehorcht, hebt die staksigen Beine aus der Hose, ich werde mich auf ihn stürzen, ich tue es, ich kralle mich an seinem Hals fest, er stößt die Schuhspitze gegen mein Schienbein, schlägt mich in den Bauch, noch im Fallen krümme ich mich vor Schmerz, er schiebt den Fuß unter mich, rollt mich ein Stück weiter, wie kann ich ihm Einhalt gebieten, ich versuche zu schreien, es fehlt mir die Luft, ein Röcheln nur, das mich wütend macht, hilflos liege ich da, halte meinen Leib, mein Atem, es gilt, zunächst den Atem wieder zu erlangen, aber schon wälze ich mich zu ihm, treffe mit dem Kopf gegen seine Beine. „Sei friedfertig", sagt er. Er springt mit

dem Mädchen ins Bett, ich brauche nicht zuzusehen, noch kann ich mich nicht aufrichten, ich höre das Keuchen, sie sind rücksichtsvoll genug, es ohne sonstiges Geräusch zu machen, noch immer versuche ich zu verhindern, halte mich am Bettfuß, ich komme auf die Knie, da sind die bloßen Körper bereits vor mir, ich könnte sie anfassen, aber ich wage es nicht, falle zurück, liege auf dem Rükken, dann stemme ich mich hoch. „Hören Sie damit auf", sage ich. „Das geht nicht an in meiner Gegenwart."
„Werden Sie nicht komisch", antwortet er, wendet den Kopf kurz zu mir, das Mädchen ist stumm, willenlos in den Muskeln, blickt fraglos hoch, der Mund zittert ohne Scham.
„Sie werden tun, was ich befehle." Nun fasse ich ihm doch ins Haar, versuche, ihn von meinem Bett zu bringen, er achtet darauf, nutzt meine Schwäche zur Steigerung seiner Lust, endlich greift er sogar nach mir, ich schlage über das Bett hin, es gelingt mir gerade noch, mich zu entwinden, torkelnd komme ich zu dem Sessel zurück, ich halte den Kopf in den Händen, die Augen geschlossen, was geht mich das alles an, rede ich mir zu, ich bringe es fertig, wegzuhören, warum auch nicht, war ich doch schon in ärgeren Situationen, ich springe auf, tanze, hüpfe lustig von einem Bein auf das andere, drehe mich dabei im Kreis mit ausgestreckten Armen, und ich kreische, ist es wahr, daß ich schrille Laute ausstoße, die in eine Art Gebrüll übergehen, tierhaft, nichts mitteilend als Erniedrigung, bis sie dumpf werden, enden in einem Gurgeln, das mich von neuem nach Atem ringen läßt, ich presse die Hände auf mein Herz, soll ich enden in der Schmach, im Anblick zweier Personen, die sich vergnügen, ich falle sie an, ich kratze, meine

Nägel ziehen Striemen über die Schenkel des Mädchens, mein Knie preßt den Hintern des Obsthändlers, der sagt: „Jetzt ist Schluß." Er wälzt sich vom Bett, drückt mich hin zu dem Kind, das nun um mich seine Arme schlingt, während ich versuche zu entschlüpfen, dann hebt der Kerl mich hoch, Gelächter ausstoßend, und wirft mich zur Wand, als wäre ich der kleine Mensch einer Brut, die es zu töten gilt, reglos am Boden bin ich, als er sich über mich beugt. „Du merkst, wie das tut?" fragt er, und ich sehe an ihm vorbei, daß das Mädchen nun auf der Bettkante hockt, ohne Anstalten zu machen, sich zu bekleiden, die Arme zwischen die Knie geschoben, blöde vor sich hinlächelnd, bis er zu ihm tritt, es folgsam aufsteht, nach der Bluse zu greifen, ich rappele mich hoch, und, ist es nicht wunderbar, ich gelange wieder zu dem Tisch, mich auf den Stuhl zu setzen. „Ich möchte Sie zu einer Tasse Kaffee einladen", sage ich. „Meine Tochter dürfte bald hier sein, uns zu bedienen."
Er zeigt sich überrascht, nicht unfreundlich zunächst, dann aber antwortet er: „Lassen Sie die Frechheiten."
„Aber ich bitte Sie."
„Wir haben mit Ihnen gespielt, nichts weiter. Nun ist es genug."
„Sie würden mir eine Freude machen."
Er antwortet nicht mehr, aber keiner, auch er nicht, hat erlaubt, die Türe zu öffnen, nun kommen sie hereingekrabbelt, nackte Kinder, starrend vor Schmutz und Kot, immer mehr, sie sind da, füllen das Zimmer, aber warum schweigen sie, klettern zuhauf, bewegen sich schon um meine Füße. „Helfen Sie mir", sage ich.
„Das werden wir gleich haben." Er springt auf die kleinen Rücken, das Mädchen schreit, ins Bett

gekauert, aber er kümmert sich nicht darum, er steht mir bei, er tritt, er stampft. „Ja, ja", rufe ich, habe die Füße auf den Sitz genommen. „Machen Sie weiter, Sie sind mir eine Hilfe." Aber warum lassen die Kinder sich vernichten, schweigen, als spürten sie keinen Schmerz, als wäre es rechtens, was ihnen geschieht? Sollten sie die Einsicht bereits erworben haben, vielleicht geerbt? Mich schreckt das grauenhafte Bild, doch ist die Handlung nicht zu vermeiden, halte ich es doch nach wie vor für unmöglich, meinen Raum von Nistlingen besetzen zu lassen, aber ich beteilige mich nicht, ich habe den Helfer gefunden, den Täter, nur fuhrwerkt er zu heftig und beschmutzt Wände und Möbel, so daß ich später viel Arbeit haben werde, unterbrechen darf ich ihn nicht, könnte er doch unwillig werden, das Gelingen mir überlassen, und ich zweifle, ob meine Kraft zu solch notwendigem Tun noch ausreichen würde, abgesehen von der Unappetitlichkeit, es ist kein Vergnügen, geschweige denn eine Genugtuung, in den zermahlten Leibern zu waten, es muß sein, doch ist es besser, sich herauszuhalten, nicht um sich zu drücken, während der Tat könnte man die Kontrolle des Gedankens verlieren, auch zuviel bekommen, das Dringende nicht zu Ende bringen, also peitsche ich ihn an: „Sie sind von mir in die Pflicht genommen, Sie tragen keine Verantwortung." Und schweigend tut er das Werk, während das Mädchen ohnmächtig hingesunken auf dem Laken liegt, sein Arm hängt über dem Rand des Bettes, kriegt Spritzer ab, ich werde ihn vorsichtig waschen, zärtlich, so wird die Kleine sich erholen, uns nichts nachtragen. Ich wende mich dennoch ab, ich bin kein Unmensch, ich ertrage nicht alles, ich höre nur mehr die Geräusche, die der Obst-

händler verursacht, dann halte ich auch die Ohren zu, nach einer Weile schreie ich sogar: „Aufhören!"
„Die Arbeit ist erledigt."
„Schaffen Sie jetzt den Unrat beiseite." Bald werde ich mich wieder wohlfühlen, der Teppich wird seine Farben zeigen, in Gelassenheit will ich an meinem Tisch sitzen, es ist geschafft, es wird nichts nachkommen. Wir nehmen das Mädchen in die Mitte, es zu hätscheln, Freude und Übereinstimmung durchziehen uns, wir werfen das Mädchen hoch, fangen es wieder auf, es kreischt vor Lust, während wir die Kraft in den Armen spüren, dann lassen wir es herunter, stoßen es auf das Treppenhaus, schließen die Tür.
„Das hätten wir", sagt er.
„Und nun?"
„Sie kennen meine Kundschaft, sie wird ungeduldig."
„Ich verbiete Ihnen, mich an Ihre Verhältnisse zu erinnern." Er duckt sich, als fürchtete er sich vor mir, schleicht zurück in das Zimmer. „Ich werde nachsehen", sagt er, „ob alles in Ordnung ist."

Wir haben es uns gemütlich gemacht. „Die Mittagspause", plaudert er, „ist das rechte für unsereinen, da schmeckt das Bier, das verspreche ich Ihnen." Er liegt im Sessel, die Beine von sich gestreckt, die Arme hängen über die Lehnen, ich gehe in die Küche, das Bier zu holen, als ich zurückkomme, fährt er fort: „Es gefällt mir bei Ihnen. Sie versorgen mich mit dem Notwendigen, und ich sorge für Unterhaltung."
„Ich verlange nichts von Ihnen."
„Übernehmen Sie sich nicht." Er trinkt aus der Flasche, dreht sie zwischen den Lippen, daß Schaum

entsteht, ich schaue ihm zu, während ich das Glas halte. „Sie legen mich nicht herein", sage ich.
Er antwortet: „Kommen Sie her zu mir." Ich nähere mich ihm, er kann bereits meine Hand erreichen, faßt zu, zieht mich weiter.
„Haben Sie sich nicht."
„Ich möchte nicht in Berührung mit Ihnen geraten."
„Verzeihen Sie." Er küßt mit den bierfeuchten Lippen meine Hand. „Es war nicht so gemeint. Ich bin dazu da, Ihnen zu gehorchen."
„Dann verabschieden Sie sich endlich. Sie haben getan, was Ihnen aufgetragen war, ich möchte die Umstände nicht in einem gegenwärtig haben."
„Welch zarte Hand. Sensibel und doch energisch, schenken Sie mir Ihre Gunst, Ihr Segen wird mir weiterhelfen, die Geschäfte sind grausam, ich brauche Zuspruch und Gewißheit, ein frommes Seelenleben ist dem Umsatz dienlich, erweisen Sie mir die Freundlichkeit Ihrer Lehre." Ich empfinde es als unmanierlich, daß er sich nun anschickt, meinen Leib zu greifen, versuche mich zu entfernen, doch langt er zu, hält meinen Arm: „Nicht so empfindlich, Herr."
„Reden Sie nicht auf vertrauliche Weise."
Er schmatzt genüßlich, hat die Flasche Bier zwischen die Knie geklemmt. Während er sie hochnimmt und trinkt, läßt er mich nicht frei, zieht mich sogar näher, daß ich seinen Arm vor der Hose habe. „Na also", sagt er dann, „ein paar Dinge müssen auch Sie erst begreifen lernen." Ich falle vor ihm nieder, umfasse seine Füße.
„Nicht", stammle ich, „tun Sie es nicht."
„Was soll sein?" Er zieht mich am Ohr, zaust mich im Haar, packt den Kragen, mich hochzubringen, ich liege in seinen Armen, hinter meinem Rücken

hält er die Bierflasche, trinkt zwischendurch, während er mit mir schmust. „Wir werden eine gute Zeit haben. Ich werde für dich sorgen, meine Liebste soll uns verstehen, ich werde dich gewinnbringend einzusetzen wissen, du hast Geschmack und Sinn für Symmetrie, du kannst den Aufbau der Ware vornehmen, hast den Braten zu verdienen, den Schwiegermutter für dich vorbereitet, auch darfst du die Tüten halten, damit ich sie schneller füllen kann, du machst einen passablen Eindruck, ich stelle dich ein." Da beiße ich ihn heftig in den Arm, erreiche, daß er mich von sich schleudert, ich krache gegen den Schreibtisch, doch habe ich mir nichts gebrochen, vorsichtig richte ich mich auf. „Du Tier", brüllt er. Ich lehne nun gegen den Tisch, halte mich an der Kante, meine Knie sind noch schwach, auch merke ich ein Zittern im Hals, das den Kopf in Schwingungen versetzt. „Dir werde ich es zeigen." Er fährt so fort. „Du bist ein undankbarer Krüppel." Ich aber habe meine Fassung wiedergewonnen, ich antworte: „Scheren Sie sich zu Ihrem Standplatz."
Mit einem wimmert er. „Ich wollte doch nur das Beste."
„Sie haben kein Recht, sich mit mir zu unterhalten. Ich weiß, daß es Sie nicht gibt, daß ich Sie nur zu meiner Lustbarkeit erfunden habe, Sie hängen ab von meinen Stimmungen, nach Laune erteile ich Ihnen Befehle."
„Erproben Sie das." Er besitzt wieder die Frechheit zu lachen.
„Sie sind auf meine Freundlichkeit angewiesen, Sie benötigen meinen Vortrag zum Abrunden Ihrer Erbärmlichkeit."
„Ich habe nichts", sage ich. „Es ist an dem, daß es keine Vergangenheit gibt, woher also sollte zu-

wachsen, was Sie unterstellen, Erbärmlichkeit. Das mag eine Frage für Sie bleiben." Er fällt auf mich, beinahe wäre ich neben den Tisch gekippt, er preßt die Arme um mich, ich ringe nach Luft. „Ich liebe nur Sie", sagt er.
„Schluß jetzt." Er löst sich tatsächlich, aber er bleibt vor mir, daß sein Körper, als ich mich in der Enge aufrichte, den meinen berührt. „Los, wahren Sie Abstand."
Er gehorcht, ich habe unerklärlicherweise gesiegt, dieses letzte Stück Mensch folgt meinen Worten, ich habe es wieder einmal hinter mich gebracht, wir gehen gemeinsam durch das Zimmer, er versucht, Tritt zu halten, doch wechsle ich, ihn herauszufordern, den Rhythmus, es gelingt ihm, neben mir zu bleiben, wir halten uns an den Händen, drehen uns gemächlich, welch ein Triumph, meinerseits küsse nun ich ihn auf den Mund, er antwortet leidenschaftlich, dann trennen wir unsere Körper wieder, es gefällt mir nicht, ihm zu nahe zu sein, Abstand ist entscheidend beim Umgang mit Menschen, aber wir bewegen uns weiter, wiegen sogar. Leichtigkeit entsteht, die mir die Bewußtheit des Spiels entziehen könnte, aber ich wage es weiter, bis der junge Mann eintritt, dann sage ich: „Jetzt müssen Sie gehen, ich habe Besuch bekommen." Der junge Mann macht einen frischen und unbekümmerten Eindruck, ohne Umstände läuft er vorbei, das Fenster zu öffnen, beugt sich hinaus, spricht auf die ordinärste Weise und auch im passenden Tonfall zur Straße. „Es ist soweit", sagt er, „wir haben ihn." Ich trete neben ihn, doch kann ich unten keinen Gesprächspartner erblicken, kehre zurück in die Mitte des Zimmers, rufe: „Ich bin nicht verwandt mit Ihnen."
„Macht nichts." Er zieht seine Jacke aus, wirft sie

mir zu, einen Augenblick lang halte ich den rauhen Stoff, dann lasse ich ihn fallen, befördere ihn mit dem Fuß in die Ecke. „Was fällt Ihnen ein?" Er fragt das mit ruhiger Stimme, gemächlich geht er hin, seine Jacke aufzuheben, die Gelassenheit versucht, mich zu provozieren, dann bleibt er die zwei Schritte vor mir, die Jacke über dem Arm, den er vorstreckt. „Hängen Sie die über die Stuhllehne." Und ich bin ihm zu Willen, sage nur: „Sie führen sich nicht besonders günstig ein." Er bewegt die Schultern, tritt in der aufreizenden Gangart zurück zum Fenster, es zu schließen, bleibt an das Brett gelehnt, nachdem er sich mir zugewandt hat. „Nun?"
„Sie kommen zur rechten Zeit", antworte ich, doch habe ichs mir zuvor bequem gemacht im Sessel. „Sie brauchen nicht in straffer Haltung vor mir zu stehen", denke ich weiter. „Ich habe mir immer einen Sohn zu eigen gewünscht und weiß, daß Ihnen gerade diese Befähigung nicht innewohnt, aber ich habe das Leben stets geliebt, in all seinen Erscheinungsweisen, also finde ich auch Gefallen an Ihnen. Lesen Sie nach, was ich über Sie aufgeschrieben habe, es würde Sie erquicken."
„Jetzt sagen Sie schon, was Sie bezahlen und was ich zu tun habe."
Der Hohn in seinem Gesicht gefällt mir nicht, es wäre rechtens, ihn bereits zu Beginn des Treffens zu züchtigen. „Sie sind eine lausige Erscheinung", sage ich, doch scheint er sich nicht daran zu stören, das irritierende Grinsen, das Wissen vortäuscht, wird unerträglich. „Tun Sie etwas!" stoße ich hervor. So beginnt er seine Schenkel, seine Brust zu beklatschen. „Ich habe keinen Bedarf an sprachlosen Gehilfen", versuche ich weiter, ihn hervorzulocken.

Er antwortet schlicht: „Dann eben lassen wir's."
Sofort beginnt er jedoch, die Möbel zu rücken,
ohne Schwierigkeiten trägt er den Schreibtisch auf
den Flur, schiebt das Bett vor sich her, ohne Rücksicht darauf, daß der Teppich Falten zieht, schließlich ist das Zimmer leer bis auf den Sessel, in dem
ich sitze. „Das haben Sie gut gemacht", sage ich,
stehe auf, ihn nicht zu behindern, er rollt den Teppich zusammen, trägt ihn hinunter in den Hof zum
Klopfen. Ich trete nicht auf den Balkon, seine Arbeit zu beaufsichtigen, das nackte Parkett aber stört
mich, es ist dunkel und stumpf, ich wäre verführt,
es zu pflegen, auch wenn der Teppich es wieder
bedecken wird, doch wird nicht die Zeit bleiben,
ich huste, den Hall zu erproben, ich knalle mit den
Absätzen auf, mag er doch wieder hochkommen,
der unten wohnt, ich fürchte ihn nicht, Lärm umgibt mich, schlägt von allen Wänden auf mich ein,
ein Gefühl des Ausgesetztseins in der eigenen
Wohnung, Einsamkeit, hergestellt durch das Entfernen von Gegenständen, ich lache lauthals, alles
schmerzt, nach einer Weile die körperliche Erfahrung von Stärke, die Gewißheit, alles was geschehen mag, aushalten zu können, ohne den noch
genutzten Tand, ich widerstehe der Versuchung
nicht, lege mich auf den Boden, es müßte angehen,
ich brauche nicht mehr als einen Raum, im Winter
wohl geheizt, dies allerdings, aber sonst ohne Bedürfnis, frei, Stolz macht meine Schläfen pochen,
ich taste über die Bodenbretter, sie nur wären
zu reinigen, ich springe auf, reiße noch die Vorhänge herunter, die Stange trifft mich beinahe ins
Gesicht, der unangenehme Anblick von Mörtel auf
dem Boden, doch der ist zu entfernen, ich werfe
Stange, Vorhänge und die Haken auf den Flur,
tolle herum, wild, einem Kind ähnlich, dem das

störende Gerümpel aus dem Zimmer entfernt worden ist, ich laufe im Kreis, springe sogar, es besteht nicht mehr die Gefahr anzustoßen, ist es mir endlich gelungen, die letzte meiner Schwächen zu überwinden? Hab und Gut in den Müll, nackt auf der Straße stehen, unerbittlich, ein Denkmal des nicht mehr Veränderbaren, aber soweit ist es noch nicht, nur ein Zimmer ist gesäubert, Vernutzbares ist verschwunden, der Anblick gegenständlichen Verfalls dem Auge genommen, Befreiung im Einfachen, auch das Papier auf den geschrubbten Boden legen, davor sitzen, um zu denken, vielleicht würde dies endlich, die Dinge der Ablenkung und Bequemlichkeit sind erledigt, zu jenem endgültigen Ergebnis führen, Blätter Papier wären das einzige, was sich noch verändert durch von mir bestimmte Schriftzüge, die das Bild herstellen würden, wie es zu sein hat, kann ich mich an ein vergleichbares Erlebnis von Freiheit erinnern? Kahlheit, das ist es, Schmucklosigkeit des Gedankens, Schlichtheit des Begehrens, Buchstaben nur, die sich reihen, bis festgestellt ist, was sein mag, unveränderlich, weil allen Beiwerks beraubt, bei der eigenen Person ist zu beginnen, noch habe ich mich betrogen, mir Konzessionen zugebilligt, dies ist vorbei, fröhliche Jugend ist zu spüren, sind nicht sogar meine Gelenke lockerer geworden, rege ich mich nicht leichtfüßig, ist nicht der Druck aus dem Kopf entfernt, der Magen ohne nervöses Bedürfnis? Ich atme langsam durch, aber nein doch, ich werde es nicht schaffen, im Augenblick noch nicht, aber ich habe den Weg erkannt, es gilt, vorsichtig zu Werke zu gehen, Ungestüm könnte alles verderben, nach und nach nur werde ich mich befreien können, will ich einen Rückschlag ausschließen, vielleicht verzichte ich zunächst auf die Vorhänge, sie wären

sowieso nur unter Schwierigkeiten wieder anzubringen, ich höre die Schritte des jungen Mannes die Treppe hoch, ich ziehe mich zurück, ich verkrieche mich in der Ecke des Zimmers, die von der Tür am weitesten entfernt ist, Demütigung faßt nach mir, ich kann mich nicht wehren, zusammengekauert drücke ich mich gegen die Wände, der junge Mann wirft den Teppich von seiner Schulter, poltert auch sonst herum, patscht mit seinen Händen, als hätte er Erwähnenswertes hinter sich gebracht, sagt: „Das hätten wir." Dann kommt er her, mich hochzureißen, schmerzhaft der Griff um meinen Arm, es gelingt mir nicht, zu widerstreben, er schleudert mich hinaus auf den Flur, dort richte ich mich auf, zuzusehen, wie er den Teppich ausbreitet, ich gestehe, daß er sich Mühe gibt, nicht etwa eine Kante an der Wand aufgeschlagen läßt, er rückt ihn genau, obwohl er eher unbeholfen wirkt.
„Soll ich Ihnen helfen?" frage ich.
Er deutet auf den Tisch, den ich nun mit ihm zusammen hineintrage, ebenso verfahren wir mit dem Bett, die Sessel und den Stuhl nimmt er allein.
„Wir hätten auch alles draußen lassen können", wage ich zu bemerken.
„Sind Sie nicht bei Trost?" Er zerrt am Gürtel seiner Hose. „Wir kommen nun zu Ihnen."
„Wie meinen Sie das?"
„Genieren Sie sich nicht."
„Ich habe nichts verlauten lassen."
„Haben Sie Ausschlag am Hintern?"
„Auf Ihren Ton lasse ich mich nicht ein."
„Also was ist?"
„Ich habe Sie gebeten, mir nützlich zu sein." Ich berühre sein Hemd mit der flachen Hand. „Ich kann mich auf Sie verlassen, das ist genug."

„Wollen wir?"
„Nehmen Sie die Haltung an, die ich von Ihnen erwarte."
Er steckt die Zeigefinger in die Ohren, um mit den anderen Fingern zu wedeln. „Machen Sie sich nicht lächerlich", widerspreche ich, und er faßt mich voll Kraft um die Hüften, hebt mich hoch, mich aus dem Fenster sehen zu lassen. „Kennen Sie ihn?" fragt er.
„Das wissen Sie doch." Ich erscheine mir lächerlich, während ich zapple, doch wäre es ungerecht, wollte ich behaupten, er verhielte sich grob zu mir, nur läßt er mich nicht frei, bis ich ihm gegen das Knie trete. „Los", sage ich. Er zieht den Gürtel aus den Schlaufen, beginnt sich damit umständlich auf den Rücken zu schlagen, holt weit genug aus, daß ich zur Seite springen muß. „Das gefällt mir nicht", lasse ich ihn wissen, bin trotzdem überrascht, daß er mir willig das Stück Leder reicht, um ungehindert auf den Händen marschieren zu können, zum Takt schnalzt er mit der Zunge, mißt so die Länge des Zimmers zweimal aus, ehe er den Vorhang vom Flur holt, ihn um sich zu drapieren. Ohne einen Spiegel zu benutzen, fängt er an, sich zu schminken, gemächlich nimmt er die Dosen und Stifte aus der Jacke, läßt sie auf dem Tisch in der Reihenfolge ihrer Benutzung, zuerst eine Dose Creme, dann den zartrosa Lippenstift, das Schwarz für die Augenbrauen, Grün für die Lider, dann das Schwarz für die Wimpern, sogar ein wenig Rouge, das er über die Backen verteilt, bis es nur mehr zu ahnen ist, er kämmt sich auch, nachdem er Pomade ins Haar geknetet hat, drückt die Wellen zurecht, verwendet Sorgfalt auf den Abschluß der Frisur im Nacken, er fragt: „Was halten Sie davon?"

„Warum wünschen Sie von mir Auskunft?"
„Ich dachte nur." Er geht ins Bad, sich die Hände zu waschen, nachdem er zurückgekommen ist, sein Schritt ist nun federnd, sagt er: „Setzen Sie sich jetzt an den Tisch."
„Was nützt Ihnen das?"
„Tun Sie mir den Gefallen." Er nimmt die Schnur aus der Hosentasche, verknüpft sie erst an der Lehne, beginnt auf umständliche Weise, mich festzubinden, schlingt die Schnur mehrmals um meinen Körper, die Arme, befestigt noch meine Beine.
„Es ist ein Spiel?" frage ich.
„Ich habe alles für Sie getan", antwortet er, holt das Werkzeug aus der Küche, mich auch noch anzunageln, die Hände, die Füße, auch die Schenkel und Arme, ich verspüre merkwürdigerweise keinen Schmerz, nur das Geräusch, das er verursacht, stört mich wieder, ich habe auch genügend Bewegungsfreiheit für die Füße, mich in kleinen Rucken vom Platz zu bewegen. „Jetzt hören Sie mit dem Spaß auf", befehle ich.
Er sagt: „Ich werde tun, was ich gelernt habe."
„Küssen Sie meine Wunden."
„Ich will es. Wenn Sie tot sind, werde ich Sie entkleiden und Ihren Anzug mitnehmen, zuvor aber werde ich Sie streicheln, das Blut über Ihre Haut zu verteilen, damit ich es ablecken kann. Vielleicht verehre ich Sie auf diese Weise, falls Sie sich nicht wehren, nur leider, Sie langweilen mich unendlich, und ich habe nicht den Ernst, mehr Zeit für Sie zu erübrigen. Es muß jedoch wunderbar sein, Ihren Platz einnehmen zu dürfen und zu töten. Ich möchte saugen und mich am Leben erhalten wie Sie, aber Sie bringen mir nichts bei, ich könnte Ihnen zeigen, daß ich stärker bin."
„Sie waren mir willig."

„Ich habe den Raum gereinigt, um ihn selbst zu bewohnen."
„Binden Sie mich lieber los, und ziehen Sie die Nägel heraus, bevor es zu spät ist. Ich habe meine Wundmale nicht von Ihnen empfangen, ein alternder Strichjunge macht keine neue Lebenserwartung."
„Sie werden abwarten müssen."
„Meine Geduld ist erschöpft."
„Es ist fatal."
„Kommen Sie her, langen Sie mir unter die Hose und massieren Sie meine Schenkel."
„Das werden Sie selbst besorgen müssen."
„Ich widerspreche Ihnen nicht." Ich stehe einfach aus dem Stuhl auf, ich trete zu dem Kerl, er bückt sich, er wieselt um mich herum. „Sie haben vergessen, mit wem Sie zu tun haben, nehmen Sie die Schmiere von Ihrem Gesicht." Ich stoße ihn vor mir her, tunke sein Gesicht ins Waschbecken, schließe die Tür des Badezimmers ab, ich fürchte mich nicht vor ihm, mag er in der Wohnung bleiben, wenn er ruft, werde ich ihn mit dem Nötigsten versorgen. Aber ich merke, daß ich ihn vergessen werde, er dürfte nicht in der Lage sein, einer Anforderung, die ich stelle, gerecht zu werden. Es ist nicht die Frage der Nachfolge, die mich verwirrt, ich denke über Geschmack nach, ich könnte ihn verkommen lassen im Bad, niemand würde Anstoß daran nehmen, aber plötzlich überrasche ich mich beim Zählen, es hat sich immer als günstig herausgestellt, gelegentlich einfach Zahlen hintereinander aufzusagen, aber trotzdem, ich kann nicht abstreiten, daß mich der Besuch überrumpelt hat, ermüdet bin ich, sollte ich nicht mehr Herr meiner Absichten sein, ist es soweit gekommen, daß sich hereindrängt, wer mag, bin ich ins Leutselige mißraten,

klopfe ich den Vertretern der Unterwelt auf die Schultern? Müßig, darüber nachzudenken, die Stellen, wo die Nägel mein Fleisch durchbohrt hatten, schmerzen noch, ich begebe mich in die Küche, mich zu stärken. „Es ist alles in Ordnung", sage ich. „Es gibt eine Witterung, die überreizt, aber durch Gewöhnung lassen sich ihre Auswirkungen kontrollieren." Das Wasser für den Tee wird sofort kochen, ich belege die Stulle mit Wurst, meine Tochter wird mir frische bringen, ich habe Zeit vergeudet, sollte ich mir eingestehen, daß mir keine Wahl mehr geblieben ist, ich überhöre den Laut der Wohnungsklingel, keine Freundlichkeit jetzt, es wird guttun, zu schlafen, nein, ich werde dem Bedürfnis nach Geselligkeit nicht nachgeben, ich kehre auch nicht mit dem Brot in der Hand in den Raum zurück, ich lege es auf einen Teller, sitzend kaue ich es bei geschlossenen Augen. Ich weise von mir, ich lehne ab, ich habe guten Grund, ich begehre das Bescheidene, Gradlinige soll mir willkommen sein, ich nehme mich in die Zucht, ich lege mich auf den Boden, es muß so und nicht anders sein, freilich, der Teppich ist wieder vorhanden, aber trotzdem, die Knochen schmerzen nach einer Weile, was habe ich mir zu bieten. Doch es ist ihre Stimme wieder da: „Erquickung sind diese Speisen nur denen, die ihrer sich auch freuen, und ihrer können sich nicht freuen, deren Gott der Bauch ist. Die sinnfällig gegebenen Zeichen möchte ich gleichsetzen den Zeugungen der Wasser, es ist die Tiefe unserer Fleischlichkeit, die sie notwendig macht; aber die gedanklich hervorgebrachten Dinge unseres Geistes den menschlichen Zeugungen, sie entspringen rein nur der Fruchtbarkeit der Vernunft." Monika hat ihre Tüte in der Ecke hinter der Garderobe, sie sitzt auf dem Fensterbrett hinter der Heizung, hat ihre beiden Mäntel an, den Schal umgewickelt, doch ist es Sommer. Ich bringe ihr den Schnaps von der Theke, ich sage: „Es ist lange her."

„Ja", antwortet sie. Die vom Frost zersprungene Haut ihres Gesichtes läßt keinen Ausdruck zu, nur die Augen hassen mich.

„Verzeih mir, Monika", sage ich. Sie trinkt auch den Schnaps, und ich hole neuen.

„Verschwinde."

„Nicht das."

„Pennbruder."

„Ich habe dich leben lassen."

„Stell die Flasche her."

Es gelingt mir nicht, mich mit der Frau zu unterhalten, was will sie von mir, habe ich nicht versucht, ihre Ehre hochzuhalten, habe ich sie etwa verleugnet?

Sie rempelt mich mit der Schulter an. „Als ich in eurem Puff war, da hat es euch gefallen, wie?"

Was könnte ich antworten. Es liegt nicht in meinem Sinn, ihre einfache Lebensart zu bemängeln. „Ich war Soldat wie jeder andere", antworte ich, „und ich habe nicht die Absicht, darüber nachzudenken."

„Trink."

„Es ist nicht mehr wie früher mit mir."

Sie kichert nur, ich möchte mich beklagen. „Das habe ich nicht um dich verdient."

„Odessa."

„Was ist das?"

Es ergibt ein Geräusch, reibt sie ihre geröteten Hände. „Wollen wir noch einmal?"

„Lassen wir all dies auf sich beruhen." Ich weiche aus, als sie nach mir faßt, nun lacht sie heiser, stellt sich, als müßte sie ihren Leib halten. „Ich habe

dich nicht vergessen", sage ich, „aber du bist schmutzig."
Sie steht auf, mit beiden Armen das Gleichgewicht haltend, bewegt sie sich zur Toilette, als sie zurückkommt, sagt sie: „Nun ist mir leichter."
„Ich ertrage es nicht."
„Laß dir Zeit."
„Wäscht du dich noch im Fluß?"
„Das geht dich nichts an." Sie schenkt sich ein, sie hat nicht den Willen, mich zu verlassen. Ist sie denn das? Ist sie frech genug gewesen, in mein Zimmer einzudringen, um sich vollaufen zu lassen, welch ein erstaunliches Wort, ich gebrauche es für sie, doch schert sie sich nicht darum, holt ihre Fliegen heraus, sie zu zählen.
„Ich habe den Burschen aus dem Bad gelassen", sagt meine Tochter, „du hast ihn ja übel zugerichtet. Ich hoffe, er wird uns keine Scherereien machen."
„Ein Stricher", entgegne ich. „Laß mich allein, ich muß mich mit Monika unterhalten."
Aber Monika ist betrunken, sie schweigt. Ich fürchte, sie wird einschlafen. „Warum bist du gekommen?" frage ich. Was will sie in meinen Armen? Sie stinkt, ich sträube mich, ich versuche sie abzuhalten, es ist nichts Heiliges an ihr, was kann ich tun, ihre kleinen verschwollenen Hände haben mich gepackt, ich müßte ihr wehtun, aber ich schreie nur, als wollte sie mir Übles, sie läßt nicht ab, ihre Worte sind nicht mehr verständlich, der Speichel trieft von ihren Lippen, die nicht weit von meinem Gesicht entfernt sind. „Monika", sage ich, „es ist ja gut." Wenn nicht das Kichern wäre zwischen dem Lallen, ich schreie wieder, doch sie reibt ihre Wange an der meinen, ich ramme den Kopf vor ihre Brust, sie torkelt zurück, ich bin frei. „Mo-

nika", flüstere ich, "wir werden es schaffen." Jedoch, nur eines ist sicher, ich liege auf dem Boden, und ich weiß nicht, ob sie einen ihrer Mäntel über mich breitet, ich werfe ihn nur ab, um aufzuspringen, aber ich merke deutlich, daß ich mich nicht rege. Vielleicht ist es gut, so zu liegen. Es ist Tag, ich spüre es deutlich, ich rede in ihn hinein. "Warum müssen die mich berühren?" frage ich. "Ich habe nichts zu tun mit ihnen. Ich habe Papier, und ich habe Bleistifte. Genügt das nicht? Ich will nicht abrechnen mit euch, ich habe nur mich gekannt, was wollt ihr, keiner wird mich zwingen, mich zu erinnern. Es gibt nichts im Gedächtnis, alles ist Gegenwart, wie könnte sich daran etwas ändern? Ich lasse euch traben nach meinem Gefallen, ich liege, um demütig zu sein vor mir, ich weiß, daß ich blind bin und nicht höre, aber es wird euch doch nicht gelingen, Macht über mich zu gewinnen, ihr seid tot und könnt mich nicht erschrecken. Schwester, fahren Sie mich in die Sonne, in den Park, stellen Sie mich ab auf der Wiese, damit ich warten kann, ich fühle den Wind, er ist warm, und es wird mir nicht kühl, wenn ich in ihm sitze, er erfrischt mich, es ist nicht nötig, euch zu sehen oder zu hören, ich habe meine Leiden erworben, während ihr euch gepflegt habt, sie sind mein Stolz und der Quell meiner Unerbittlichkeit, nehmen Sie die Decke von meinen Knien, Schwester, ich möchte nicht beengt werden, ich denke, daß ich die Lautstärke meiner Stimme nicht kontrollieren kann, aber ich habe mich seit langem daran gewöhnt, es ist mir nicht mehr peinlich, nur, daß ich häufiger schweige, aber sie werden es nicht wahrhaben wollen, daß ich es um ihretwillen tue, schieben Sie mich weiter, ich möchte in den Schatten, es gibt die Möglichkeit kleiner Veränderungen."

Was schwätze ich? Ich werde mich nicht einlassen auf solchen Firlefanz, ich bekenne mich zu einem Wohlgefühl, mein Befinden ist ausgezeichnet, was wollen mir die, ich jauchze ihnen ins Ohr, oder sollte ich sagen, ich sei es zufrieden, das wird mir nicht einfallen, die Freude tue ich ihnen nicht an, das Sichabfinden überlasse ich, ich habe etwas vor, es dauert an, bis man bedeutend wird, ich habe Zeit genug gehabt, jetzt erlaube ich mir zu lachen, ich habe sie klein gekriegt, das Leiden habe ich hinter mir gelassen, habe es für Belange der Erfahrung verfügbar gemacht, wo wäre zu finden, was mich schmerzen könnte, mein Zimmer ist aufgeräumt, die Farben des Teppichs sind frisch, der Geruch von Staub getilgt, was ist zu tun, frage ich. Ich habe den Platz wieder eingenommen, die Fläche der Tischplatte, ich lege die Hände darauf, bringt Ruhe zurück, die Blätter Papier liegen unversehrt, es wäre möglich, sie mit Schrift zu entstellen, selbst mein Atem ist gleichmäßig, ich unterbreche, ich stehe auf, zu der Wand zu treten, sie zu prüfen, ich werde eine Tapete bestellen, die Tage, die Handwerker beanspruchen, wären bei meiner Tochter zu verbringen, das müßte zu schaffen sein, schweigend während des Abwartens, es könnten sich Schwierigkeiten mit dem Schlaf ergeben, ich kenne meinen Eigensinn, doch eine gewisse Ermüdung dürfte die Woche darauf behebbar bleiben, Lustgefühl überkommt mich, das Erlebnis von Freiheit, unheimlich, der Empfindung von Schwere sich entledigt zu haben, dies erst ist Einsamkeit und Freude, bedingungslos inmitten eines Raumes, die triumphale Würde des Ausweglosen, keiner Sache bedürfen, sich als den Sieger ehren, schwach nurmehr ein furchtsames Bedenken, es dürfte niederzuschlagen sein, ich stehe, ich

bin, ich habe genossen, ich widerspreche mir nicht, die Argumente sind vernichtet, das Leben ist da, ich schaue aus dem Fenster, das Lächeln, das ich wiederum in meinem Gesicht spüre, beglückt, was ist? Ich höre die Stimme des Obsthändlers, aber die Bedeutung seiner Worte dringt nicht bis in mein Bewußtsein, ich bin straff, nur die Güte in meinem Gesicht wäre noch abzulegen, auch auf dieses Lächeln verzichten können, dieser Rest von Allgemeinem bedroht augenblicklich die errungene Haltung, Gleichmäßigkeit im Denken und Fühlen, Abstand, das Läuten der Türglocke überhören, die Tochter verabschiedet haben, aber noch um die Festigkeit des Griffs der Hände wissen, dabei behaupten, daß nichts von Belang zu berühren wäre, es ist an der Zeit, sich wieder auszubreiten, denn dies ist es, die Stille. „Was machen Sie da? Ich verbiete Ihnen das, Schwester, ich habe keinen Appetit, es ist mir auch nicht kühl, die Luft ist lau, noch bezahle ich, was mit mir geschieht."
„Es sind Ihnen nicht mehr als zwei Stunden erlaubt."
„Auch für Sie habe ich mich in den Schmutz gelegt. Und nun lassen Sie mich. Erkundigen Sie sich beim Professor, ich bestehe darauf, in Frieden gelassen zu werden, noch habe ich nicht abgeschlossen."
„Es tut mir leid."
„Nehmen Sie die Hände weg. Sie regen mich auf, Sie werden die Verantwortung tragen."
„Sie sind schon sehr lange hier, Sie sollten die Bestimmungen kennen."
„Ich habe mich nie darum geschert."
„Es geht Ihnen nicht gut im Augenblick."
„Das ist eine Lüge."
„Bleiben Sie ruhig, es wird Ihnen wohltun, wir kehren zurück ins Haus." Ich liege, ich liege auf

meinem Teppich, nie habe ich mich von ihm erhoben, ich merke, daß meine Fingernägel sich einkrallen, mit mir wird nicht umgegangen, ich habe ihnen ihre Niederlagen bereitet, ich liege, dies ist genug, sie zu demütigen, sie werden das nicht erreichen, es bleibt ihnen verwehrt, Sieger zu sein, ich bin willens, sie mit Hohn zu überschütten, ich stelle fest, daß mein Körper bebt in seiner Rechtfertigung, nichts kommt ihm mehr nahe, ich strecke meine Hand aus, ich zeige mich milde, ich kann es mir erlauben, zärtlich zu sein, ich stehe nicht ab, auch meinen Schluß selber zu erfinden. „Erlauben Sie, daß ich mich strecke, Schwester."